野川博之自選百首

野川博之

好文出版

野川博之自選百首

野川博之

野川博之自選百首

中文序

　　筆者去年 (2022) 有緣出版《疫中七絕日記 2020 秋 -2021 夏於橫濱》，發表新冠肺炎所猖獗的那段時期所寫的七言絕句總共 100 首。其實，筆者從 2014 年起恢復撰寫七絕，而從大約 2018 年起幾乎每天寫作它。

　　記得 1987 年筆者考入早稻田大學第一文學院之後有福遇到近藤春雄博士所編的《日本漢文學大事典》(東京：明治書院，1990 年)，發現該書附錄有〈平聲韻字概覽〉和〈平仄便覽〉都是文言詩初學者的好指南。於是，筆者從那一年暑假起儘量用心背誦上述兩個文獻。結果，筆者逐漸地自作七言絕句和七言律詩，所幸，恩師古屋昭弘教授不惜浪費其寶貴的時間，很親切地幫筆者修改那段時期的嘗試性作品。

　　雖然筆者還會背誦不少文字的平仄，不過，1991 年大學畢業之後就停止寫作七言絕句，直到 2014 年才重新開始撰寫它。之所以如此，是因為筆者人在臺灣，住在圓光佛學研究所 (桃園市中壢區)，比較有時間專心複習作詩規則，再加上，那時候筆者中文口語溝通能力也有所改進，能夠把已有的知識和新學的知識結合起來。不過，對於當代日本人來說，七言律詩的難度還是很高，所以，再也不作了。

　　筆者這一次所選的百首主要是從 2014 年秋天起到 2023 年春

天所寫的幾乎 4800 首選過來得。雖說如此，完全除外從 2020 年秋天起到 2021 年夏天之間所寫的作品大約 900 首，因為上述《疫中七絕日記》已經從這些 900 首中選了其菁華 100 首。

　　本書編輯方針跟《疫中七絕日記》完全一樣，筆者很希望多位年輕的華人留日學者有緣閱讀本書，對日本文化 (包括黃檗宗所表現的明末佛教文化在內) 多加興趣。至於自注，筆者這一次為了表示自己中文的真正水準而又不請以中文為母語的人士幫筆者加以潤改，保留著筆者極其拙劣的原文，麻煩各位讀者耐心閱讀！此為序言。

2023 年 6 月 30 日於橫濱

野川博之

日文序

　筆者は昨年(2022)御縁あって『疫中七絶日記2020秋-2021夏於横濱』(コロナ漢詩日記2020秋〜2021夏@横浜）を上梓し、コロナが猖獗した時期に書いた七言絶句百首を発表した。実のところ筆者は2014年から再び七言絶句を書き始め、2018年頃からはほぼ連日のように製作している。

　想い起こせば1987年、筆者が早稲田大学第一文学部に入学してのち、幸いにも近藤春雄博士の編になる『日本漢文学大事典』(東京：明治書院,1990年)に出会った。その際、同『事典』の附録にある「平声韻字概覧」と「平仄便覧」とがいずれも中国語文言詩の初学者にとっては良き指南書であることに気づいた。そこで、その年の夏休みからこれら二文献を極力心を尽くして暗誦するように努めた。その結果、筆者はしだいに自ら七言絶句と七言律詩とを作るに至った。幸いに恩師・古屋昭弘教授は貴重なお時間を費やして、とても御親切に筆者のその時期の習作的諸作品を御批正くださった。

　筆者は少なからぬ文字の平仄を覚えたのであるが、1991年に大学を卒業してからは、作るのをやめてしまい、2014年に至ってようやくにして再開した。というのも、筆者は台湾にあって圓光仏学研究所(桃園市中壢区)に住まい、作詩上の規則を復習するのに専念する時間が比較的得られたからであり、しかもその頃には、筆者の中国語口語のコミュニケーション能力も改善され、既存の知識と新たに学んだそれとを結合させることができるようになっていたからである。けれども、現代の日本人にとって、七言律詩を作るにはやはり困難があり、それゆえもはや作ることはなくなった。

今回の筆者が選んだ百首は、主として 2014 年秋から 2023 年春までに賦した 4800 首から選んだものである。とはいうものの、2020 年秋から翌 2021 年夏までに製作した約 900 首を除外している。というのも、さきの『疫中七絶日記』ではすでにこれら 900 首の中から、その精華 100 首を選んでいるからである。

　本書の編集方針は、『疫中七絶日記』と全く同様である。筆者は多くの年若い、中国系日本留学生が御縁あって本書を閲覧し、日本文化 (黄檗宗が体現する明末仏教文化をも含む) に対し一層興味をいだいてくださることを希望している。なお、自注については、筆者は今回もまた自己の中国語の本当の水準を示すべく、中国語を母語とする人へ添削を請うということをせず、自己の極めて拙劣な中国語文をそのままに保存した。読者各位におかれてはどうか御忍耐のうえ閲読あらんことを！以上をもって序文とする。

　2023 年 6 月 30 日、横浜にて

野川博之

代《野川博之自選百首》序 (2023.06.22)

—— 『野川博之自選百首』序文に代えて

深喜吾詩垂五千，　○●○○○●◎

如今選百耀東天；　○○●●●○◎

璞中含玉君知否，　●○○○●○●

唯願琢磨勞眾賢！　○●●○○●◎

（仄起式，平聲先韻）

【訓読】

深く喜ぶ　吾が詩　五千に垂んとするを

如今　百を選んで　東天に耀かしむ

璞中　玉を含む　君　知るや否や

唯だ願わくは　琢磨　衆賢を労せんことを

【口語訳】

わが詩作が五千首近くに達したことを深く喜んでおります。

いま、その中から百首を選び、この東の国の空に輝かせたく思います。

磨かれていない原石の中に美玉が潜んでいるということを皆様御存知で

　　しょうか？

私の拙い詩句に磨きをかけてくださるのは、

　世の多くの識者へお任せ致したく思います。

【自注】

　　本篇承句 (第二句) 所謂的「東天」乃指「日本這個東方國土的天空」。

目　次

1

佛學院上日文課記樂 (2014.10.25)
　　——仏学院で日本語の授業を行う楽しみを

此地看來猶有緣，　●●●○○○●◎
諸師賞我語音圓；　○○●●●○◎
唯期教學能相長，　○○●●○○○
自利利他雙得全。　●●●○○○●◎

(仄起式，平聲先韻)

【訓読】

此の地　看来たるに猶お縁あり
諸師　我を賞す　語音円なりと
唯だ期すらくは　教学　能く相長じ
自利利他　双つながら全きを得ん

【口語訳】

ここ台湾は自分とはまだご縁があるようだ。

学生諸師は私の日本語の発音がなめらかだと褒めてくれる。

願わくは「教学相長ず」という成語のままに、

教えることで自己の学びをも深め、

「自らを利し他者をも利する」ということができますように。

【自註】

　　　不管圓光佛學研究所或者法鼓文理學院，筆者在
2012 年以後的臺灣學生幾乎都是要認真學習日語的出
家眾和在家居士，因此，筆者一直自然開心，雖然筆者
不是日語教育的專家，教學也有許多不完美的地方，但
是，身為一個來自橫濱這個國際海港的人對於自己在課
堂上所說的日語懷有不小的信心，從任何方面來看，在
臺灣地區是最純正可聽的。

2

法鼓山「佛學日文」課以隱元禪師畫傳為課本

(2014.11.05)

　　―― 法鼓山「仏教日本語」の授業で隠元禅師のマンガ版
　　　伝記を用いて

放生傳戒久無人，　　●○○●●○◎

葦渡三年能有鄰；　　●●○○○●◎

海獻瓊脂山好豆，　　●●○○○●●

煎茶打坐化王臣！　　○○●●●○◎

（平起式，平聲真韻）

【訓読】

放生 伝戒　久しく　人なし
（ほうじょうでんかい）（ひさ）（ひと）

葦渡三年　能く隣あり
（いとさんねん）（よ）（りん）

海は瓊脂を献じ　山は好豆
（うみ）（けいし）（けん）（やま）（こうとう）

煎茶打坐　王臣を化す
（せんちゃたざ）（おうしん）（け）

【口語訳】

日本では放生会を行うことも戒律を伝授する儀式も久しく途絶えて
（ほうじょうえ）

おりましたが、

隠元禅師が来日されて三年で、「徳は孤ならず、必ず隣あり」という
『論語』の言葉そのままに、多くの人々がそのお徳を慕い、黄檗山
が建立されました。

海には寒天、山では隠元豆と、ゆかりの品々も生まれ、

かくて隠元禅師は煎茶と参禅とによって、朝廷や幕府を
感化なさったのであります。

【自註】

　　　中國現任最高領導人習近平主席幾年以前接見來自
日本的訪問團之際第一次提到這位隱元隆琦禪師 (1592-
1673) 之前，凡是中國最高領導人士在一樣的場面幾乎
都不例外地只提鑒真大師 (688-763) 而從來不提到上述
隱元禪師，這其實是一個該快速改善的負面狀況。

　　　筆者之所以這麼說，是因為年代比較靠近現代的隱
元禪師給我們日本民眾的日常生活中留下很多美好的具
體影響。他 1654 年來日本之後不但能夠復興因為日本
戰國亂世而中絕好幾個世紀的「放生會」和「傳戒大典」，
也幫日本那時候剛剛研發出來的「瓊脂」取名為「寒
天」，自己從中國福建帶來的綠豆也後來被民眾叫做「隱
元豆」。

　　　許多華人民眾誤會日本人每天喝抹茶，但是，其實，

從隱元禪師來日傳授製造「煎茶」的方法之後，我們都基本上飲用這種新式茶葉，而把抹茶限用於茶儀（所謂的「茶道」）。最後，本篇承句（第二句）所謂的「葦渡」原來指「達摩大師坐著像葦葉般的小舟來中國」，這裡當然轉指隱元禪師的東渡。

法鼓山教書已過兩年 (2014.11.14)
　　——法鼓山で教えるようになってからすでに二年を経過して

不知居處是沙城，　　●○○●●○◎
誤信終身享世榮；　　●●○○●●◎
半夜波高吞一切，　　●●○○○●●
慈航導我啟新程！　　○○●●●○◎

（平起式，平聲庚韻）

【訓読】
知らず　居処の是れ沙城なるを
誤って信ず　終身　世栄を亨くと
半夜　波高くして一切を呑むも
慈航　我を導いて新程を啓かしむ

【口語訳】

自分がいた場所が砂上の楼閣であったということに気づかず、

いつまでも大学教員という世間的な栄光に浴せるものとばかり

　信じていました。

半夜、突然の高波に一切を押し流されてしまいましたが、
仏の導きで新たな旅程へと出ることが叶いました。

【自註】
　　筆者一直以為自己所任職的私立大學是個堅固不動
的地方，根本忘記「一切無常」、「世事難料」等佛教徒
該有的起碼概念。所幸，法鼓文理學院慈悲把筆者撈救
起來，繼續有名分地住在台灣，認識到許多可敬可親的
佛門師友，這不是佛菩薩的輔導，就是什麼呢？

4

擬生日口占 (2015.10.11)
　　――誕生日に口ずさむ詩のつもりで

命數難知空問天，　　●●○○○●◎
幸憑良友免邪緣；　　●○○●●○◎
身如秋士心猶壯，　　○○○●●○●
伏久飛高越絕巔！　　●●○○●●◎

(仄起式，平聲先韻)

【訓読】

命数　知り難く　空しく天に問う
幸いに良友に憑って　邪縁を免る
身は秋士の如くなるも　心猶お壮なり
伏すこと久しきは飛ぶこと高くして絶巔を越えん

【口語訳】

自己の命運がいかなるものとなるのか、天に問うても答えはない。
それでも良き友に恵まれて、悪しき縁を避けることができた。
人生の秋を知る者のように身は衰えたれども、心はなお理想を

信じている。

かの『菜根譚』にもいう、「伏すこと久しき者は飛ぶこと必ず高し」と。

高い山の頂上のような困難もこれから何とか乗り越えたいものだ。

【自注】

　　因為還不到 10 月 23 日這個正確的生日，所以，把「擬」這個字冠在詩題的最前面。本篇轉句 (第三句) 所謂的「秋士」意味著「感受到自己人生為時已晚的男性」，語出於《淮南子・繆稱》，該書有說：「春女思，<u>秋士</u>悲，而知物化矣！」

　　身為有文筆的知識份子，筆者還是要保持心裡的年輕，繼續不放棄地思考在學術和藝術園地自己能夠走到什麼樣的地步。而結句 (第四句) 所謂的「伏久飛高」根據於《菜根譚・後集》的這麼一句話：「<u>伏久者，飛必高。</u>」

5

謝圓光校犬「小黑」(2015.11.07)
　——圓光仏学研究所校犬・小黑〔シャオヘイ〕に感謝して

拍手飛來如黑球，　　●●○○○●◎
撒嬌揮尾立消憂；　　●○○○●●○◎
平生寂寞憑誰療？　　○○●●●○●
幸有斯君如綠洲！　　●●○○○●◎

　　　　　　　　　　　　（仄起式，平聲尤韻）

【訓読】
拍手　飛び来たること　黑球の如し
嬌を撒き尾を揮って　立ちどころに憂えを消す
平生の寂寞　誰に憑ってか療さん
幸いに斯の君の緑洲の如きものあり

【口語訳】

手を鳴らすと君が飛んで来る姿は、まるで黒いボールさながらだ。

愛嬌を振りまき、尻尾を振る君を見ていると、心配事も消え失せる。

日ごろの寂しさを癒してくれるのは誰か？

オアシスさながらの君がいてくれることが、本当にありがたい。

【自注】

　　本篇承句 (第二句) 所謂的「立」意味著「立即」，而結句 (第四句) 意味著「對我來說，你的存在像沙漠中的綠洲一樣給人很大的安慰和鼓勵。」值得一提的是，牠是一隻台灣土狗，顏色全黑，貌兇性善，跟筆者留下許多美好的回憶。

6

高鐵台南站即事 (2016.01.11)
　　──台湾新幹線台南駅で

一望三才皆悉陰,　　●●○○○●◎
風寒霧大路難尋；　　○○●●●○○
近來何事尤堪喜？　　●○○○●○●
我手彌能寫我心！　　●●○○●●◎

（仄起式，平聲侵韻）

【訓読】
<ruby>一望<rt>いちぼう</rt></ruby>すれば　<ruby>三才<rt>さんさい</rt></ruby>　<ruby>皆<rt>み</rt></ruby>な<ruby>悉<rt>ことごと</rt></ruby>く<ruby>陰<rt>いん</rt></ruby>なり
<ruby>風寒<rt>かぜさむ</rt></ruby>く<ruby>霧大<rt>きりだい</rt></ruby>にして　<ruby>路<rt>みち</rt></ruby>　<ruby>尋<rt>たず</rt></ruby>ね<ruby>難<rt>がた</rt></ruby>し
<ruby>近来<rt>きんらい</rt></ruby>　<ruby>何事<rt>なにごと</rt></ruby>か<ruby>尤<rt>もっと</rt></ruby>も<ruby>喜<rt>よろこ</rt></ruby>ぶに<ruby>堪<rt>た</rt></ruby>う
<ruby>我<rt>わ</rt></ruby>が<ruby>手<rt>て</rt></ruby>　<ruby>弥<rt>いよいよ</rt></ruby><ruby>能<rt>よ</rt></ruby>く　<ruby>我<rt>わ</rt></ruby>が<ruby>心<rt>こころ</rt></ruby>を<ruby>写<rt>うつ</rt></ruby>す

【口語訳】

見渡すかぎり　天地人のことごとくが曇りに鎖されている。

吹き来る風は寒く、霧もまた深く、これでは道も尋ねあてがたい。

ところで、この頃、自分にとって何が最も喜ばしいことか？

詩筆をふるう自分の手がいよいよ自在に心に思っていることを
　伝えつつあることだ。

【自注】

　　本篇起句 (第一句) 所謂的「三才」指天地人，此
日高鐵台南站的外面不管是天地或者路人行車都因為濃
霧而看不清楚。

　　結句 (第四句) 根據於清・黃遵憲 (1848-1905) 被視
為「詩界革命」的這一句話：「我手寫吾口，古豈能拘前。」
(〈雜感〉，收於《人境廬詩草》卷 1。)

7

《高泉全集》出山之三年，拙著亦問世喜賦 (2016.02.15)
　　——『高泉全集』が出てから足かけ三年、拙著もまた世に
　　　出ようとしつつあり

筆慕前賢愛六言，　　●●○○○●●◎
石門文字冠禪門；　　●○○○●●○◎
有誰瓶口能承水？　　●○○○●●○●
道號高泉諱性激！　　●●○○○●●◎

（仄起式，平聲元韻）

【訓読】
筆　前賢を慕って　六言を愛す
石門の文字　禅門に冠す
誰あってか　瓶口　能く水を承けん
道号高泉　諱は性激

【口語訳】
北宋の恵洪禅師は『禅林僧宝伝』を著して先人の事績を顕彰し、
　　また六言絶句を好み、多量の作例を遺した。

『石門文字禅』はとりわけ名作の誉れが高い。

その後いったい誰が、さながら一つの水瓶の水を別の水瓶に

　移すがごとく、恵洪禅師の風を受け継いだろうか？

道号を高泉、諱を性潡というその人こそが忠実な継承者だ。

【自注】

　　　北宋・覺範惠洪 (寂音尊者，一名「德洪」，1071-1128) 敬慕禪門前賢，編撰出來一套《禪林僧寶傳》，也喜愛「六」言絕句 (並不是世上常見的七言喔！)，作了總共 90 首，都收錄於《石門文字禪》這套詩文集。那麼，到底有誰完美地繼承他這種文字禪呢？答案是，如本篇結句 (第四句) 所說，「道號高泉諱性潡 (1633-1695)」，乃是筆者在博士論文予以表彰的旅日福建高僧。

　　　而高泉禪師他的全集在 2014 年 3 月由黃檗山萬福寺文華殿出版問世，雖然發行份量不多，但在國內外大圖書館就能夠看到一套 4 冊的威容。2016 年 2 月乃是從該書出版以來第三個年頭，因此，詩題就說：「出山之三年」。

　　　轉句 (第三句) 所謂的「瓶口能承水」乃指「瀉瓶傳燈」，意思是，將一瓶之水無遺漏地注入到另外以一瓶，比喻傳法無遺漏。例如《北本涅槃經》卷 40 就有這麼說：「阿難事我二十餘年，……，自事我來，持我所說十二

部經，一經於耳，曾不再問，<u>如寫（＝瀉）瓶水，置之一瓶</u>。」請參閱《大正藏》第 12 冊，頁 602，中。

8

寒假結束返臺，擬題早大中央圖書館門扉 (2016.02.23)
　　──冬休みが終わり台湾へ戻るに際し、早大中央図書館の
　　　　門扉へ書きつけるつもりで

虛往實歸身欲傾，　○●●○○●◎
探花采蜜桶非輕；　○○●●●○◎
半年難入光明藏，　●○○●●○○
道別回頭無限情！　●●○○○●◎

（仄起式，平聲庚韻）

【訓読】
虚往実帰　身　傾かんと欲す
探花采蜜　桶　軽きに非ず
半年　入り難し　光明蔵
道別回頭　無限の情

【口語訳】

「虚しく往きて実ちて帰る」という成語さながら、この図書館へ行くたび
　　に手ぶらで行って、お土産を両手いっぱいに持って帰宅するような

思いがする。

花を探り蜜を採取したその桶は、決して軽いものではない。

さて、これから半年の間、この宝の蔵にもしばらく足を
踏み入れられなくなる。

別れを告げ、図書館のほうへ振り向くと、無限の思いが湧き起こる。

【自注】

　　本篇起句 (第一句) 所謂的「虛往實歸」根據於《莊子·德充符篇》，相關原文為:「立不教，坐不議，虛而往，實而歸，固有不言之教，無形而心成者邪？」原來的意思是，有人向一位好老師「虛心往學，得道而歸」，後來，有點轉義為:「往時空手無一物，回時卻帶來許多物品。」筆者所據的乃是後者，描寫每一次去母校的大圖書館，就能夠帶回來許多外校難得的許多文獻的影印資料。

　　而轉句 (第三句) 所謂的「光明藏」原來指自己的本心能夠包藏一條照破無明、發揚真如的智慧光明的樣子。所以，《圓覺經》最前面就有說:「一時，婆伽婆 (=釋尊) 入於神通大光明藏，三昧正受，一切如來光嚴住持，是諸眾生清淨覺地；身心寂滅，平等本際，圓滿十方，不二隨順，於不二境，現諸淨土。」(請參閱《大正藏》第 17 冊，頁 913，上。) 不過，在這裡，轉指大圖書館所藏有的人類睿智。

筆者除了多年以來幫自己的研究尋找資料之外，也從 2004 年春天起幫許多臺灣師友們在該圖書館影印一些臺灣那邊找不到的文獻，真是「上窮碧落下黃泉」了 (語出於白居易的《長恨歌》。)

9

野柳口占 (2016.03.17)
　　──野柳で口ずさんだ詩句

明知救溺自身沉，　　○○●●●○◎
投海舍生同佛心；　　○●●○○●◎
雖見風光依舊美，　　○●○○○●●
女王頭下跡難尋！　　●○○●●○◎

（平起式，平聲侵韻）

【訓読】
明らかに知る　溺を救えば自身も沈むを
海に投じ生を舍てて　仏心に同ず
風光　旧に依って美なるを見ると雖も
女　王頭下　跡　尋ね難し

【口語訳】

溺れている人を助ければ自分も溺れてしまうと知りつつ、
林添禎さんはその昔（1964 年 3 月）、海に飛び込んで命を落とされた。

　その心たるや、仏の心にも比すべきものではないだろうか。

今、ここ野柳^{イエリウ}に立つと、風景は相変わらず美しいけれども、
名所として名高い女王岩^{じょうおういわ}のそばで、林さんゆかりの場所は
　見当たらなかった。

【自注】

　　筆者在法鼓文理學院兼課的那段 5 年之間 (2012/09-2017/06)，雖然每個禮拜坐著國光號，通過野柳，但一直沒有機會在該地下車遊玩，後來，快要離開臺灣之際，有福到野柳和基隆的部份景點，但在野柳卻找不到這麼多年以來親眼瞻仰的林添禎義士銅像和紀念碑，殊為可惜！

　　眾所周知，1964 年 3 月，這位義士眼看一位大學生不小心落海，立即投水企圖救他，不幸身亡。此事一報，社會大眾很關懷林義士的家屬，募款建宅，也送生活費和子女的學費。筆者 1980 年代前半還在國中讀書的時候，有人惠送一本臺灣觀光協會所編的多達 400 頁的日文觀光導覽，得知這則動人故事。

10

清明偶感 (2016.04.03)
　　──清明節にたまたま感じたこと

人老懷鄉是自然，　○●○○●●◎
有時東望羨雲煙；　●○○○●●○◎
固知天命終難抗，　●○○●●○○
猶願殘年富善緣！　○●○○●●◎

（仄起式，平聲先韻）

【訓読】

人老い郷を懷う　是れ自然
時あり　東望して雲煙を羨む
固り知る　天命　終に抗し難きを
猶お願わくは　残年の善緣に富まんことを

【口語訳】

年を取れば故郷を思うようになるのは自然な感情である。

時々東の空を望んでは、自由自在に動ける雲を羨ましく思うことも。

天命には結局のところ抵抗しがたいけれども、

どうか私の余生が善き御縁に満ちたものとなりますように！

【自注】

　　筆者之所以羨慕雲煙，是因為它很自由地無方不去，
跟我們人類被外界束縛的可憐現實完全不一樣。

11

法鼓山大願橋 (2016.04.08)
　　──法鼓山の大願橋

大道横空驚列仙，　　●●○○○●◎
玉樓金閣永相連；　　●○○●●○◎
滿山龍象鳴鐘鼓，　　●○○●●○○
正是人間兜率天！　　●●○○○●◎

（仄起式，平聲先韻）

【訓読】
　大道　空に横たわり　列仙を驚かす
　玉楼金閣　永く相連なる
　満山の龍象　鐘鼓を鳴らす
　正に是れ人間の兜率天

【口語訳】

　大きな道が天空に横たわり、そこに住まう仙人たちを驚かしている。

　美しい建物が、この橋によって長らく連結されるのである。

　山いっぱいに住まう、龍や象にも比すべき僧侶がたが

　　鐘や太鼓を鳴らすのを聴くと、

かの弥勒菩薩が住まう兜率天がこの場所に出現したのではないかと
　思われる。

【自注】

　　本篇轉句(第三句)所謂的「龍象」指高僧大德而
結句(第四句)所謂的「兜率天」乃是彌勒菩薩所住的
世界。因為彌勒菩薩是一位未來佛，那麼，住在那個地
方的人民也具有跟他一樣將來貴為如來的可能性，是不
是？

12

以詩留魂 (2016.05.01)
　　──一首ごとに魂を込めて

難測天年短或長，　　○●○○●●◎
應知一切屬無常；　　○○●●●○◎
人言豈啻臨終善，　　○○●●○○●
愈向五洲披寸腸！　　●●●○○●◎

（仄起式，平聲陽韻）

【訓読】

　測り難し　天年の短或いは長を
　応に知るべし　一切の無常に属することを
　人言　豈に啻だに臨終のみ善ならんや
　愈　五洲に向かって寸腸を披かん

【口語訳】

　自己に与えられた寿命の長短は、測り知れない。

　一切は無常であるということのみが真理である。

　人の言葉というものは、いまわの際ばかりが善美という

わけではない。

願わくは全世界へ向けて、まごころ込めた詩句を示してゆきたい。

【自注】

　　曾參 (即是曾子，為「孔門十哲」之一，B.C.505-
？) 生病的時候，語重心長地說:「鳥之將死，其鳴也哀；
人之將死，其言也善！」(《論語・泰伯篇》) 但筆者一
直覺得，只要有誠心，不一定只有死時才能說出個真心
話。

外祖母 (1915-2017) 大限不遠 (2017.01.23)
　　──臨終近き外祖母 (1915 〜 2017)

衰老日加臨願船，　　○●●○○●◎
唯期淨土再逢緣；　　○○●●●○◎
慈顏依舊聲難發，　　○○○●●○●
伸手撫頭如幼年！　　○●●○○●◎

(仄起式，平聲先韻)

【訓読】

衰老　日に加わり　願船に臨む
唯だ期す　浄土再逢の縁
慈顏　旧に依るも　声　発し難し
手を伸べ頭を撫すること　幼年の如し

【口語訳】

祖母は老衰の果て、弥陀の派したもうた済度の船に乗ろうと
　している。

かくなるうえは、お浄土で再会する縁を期待するばかりだ。

慈愛あふれる顔は以前に変わらないけれども、もはや声を出す

　ことも叶わない。

それでも孫の私の頭を撫でてくれるのは、幼少の日に変わらない。

【自注】

　　外祖母杉本美喜子女士 (法名：麗唱院優照英祐大姊) 在 1915 年 9 月 26 日生於岡山縣兒島郡 (今倉敷市,為校服和牛仔褲的名產地),撫育一女 (即是家母) 兩子 (即是筆者大小兩位舅舅),而在其兩孫三孫女中對筆者這個外長孫特別有關懷,一直到 2017 年 2 月 9 日往生的那一天。

　　起句 (第一句) 所謂的「願船」意味著阿彌陀如來派遣到快要往生的眾生那邊的 1 隻救船。

　　而後面兩句忠實地描寫 1 月 23 日筆者從台回日當天的情景。值得一提的是,她在子女們照顧之下,在家往生,不假住院。

14

憶外祖母遺訓 (2017.03.12)
　　──亡き外祖母の遺訓を念じて

一出家門十五年，　　●●○○●●◎
祖孫相隔兩瀛天；　　●○○●●○◎
西歸切促東歸日，　　○○●●●○●
應戒遠遊師聖賢！　　○●●○○●◎

(仄起式，平聲先韻)

【訓読】
一たび家門を出でてより十五年
祖孫　相隔つ　両瀛の天
西帰　切に促す　東帰の日
応に遠遊を戒めて聖賢を師とすべし

【口語訳】
思えばわが家の門を出てから十五年。
祖母と孫とが東瀛（日本）と南瀛（台湾）とで離ればなれと
　なってしまった。

このたび祖母が西方浄土へと帰って行った結果、孫が東へと帰る機
縁が生じた。

「父母在せば遠遊せず」という『論語』の金言を実践すべき時が訪れ
たのだ。

【自注】

　　　每一次筆者從台灣回國探親之際，她苦勸筆者早日
回國定居，千萬不要長住台灣。雖然筆者費心說明台灣
很發展的現況，但是仍然無法說服快要當個人瑞的老人
家。

　　　承句 (第二句) 所謂的「兩瀛」指東瀛 (日本) 和
南瀛 (台灣)。

　　　後面兩句的意思是，「她西歸到極樂世界催促了我
這個孫子東歸日本的決心，我以後把《論語・里仁》
所謂的『父母在，不遠遊，遊必有方』這一句話為鑒，
再也不離開父母的膝下！」

15

清明旁晚帶校犬「小黑」散歩口占 (2017.04.07)
　　──清明節の夕刻、学校で飼っている犬の小黒（シャオヘイ）を伴って
　　　　散歩の途上

春到桃園田野中，　　○●○○○●◎
溪聲鳥語各乘風；　　○○●●●○◎
綠茵如海身如泳，　　●○○○●○○●
追蝶聞花樂不窮！　　○●○○●●◎

(仄起式，平聲東韻)

【口語訳】
　春（はる）は到（いた）る　桃園田野（とうえんでんや）の中（うち）
　溪声（けいせい）鳥語（ちょうご）　各（おのおの）　風（かぜ）に乗（じょう）ず
　緑茵（りょくいん）は海（うみ）の如（ごと）く　身（み）は泳（およ）ぐが如（ごと）し
　蝶（ちょう）を追（お）い花（はな）を聞（か）いで　楽（たの）しみ窮（きわ）まらず

【訓読】

春はここ台湾桃園（とうえん）の田野のうえにも訪れた。

せせらぎの音や鳥のさえずりが風に乗って聞こえて来る。

緑のしとねはさながら海のごとく広々としており、

　そこに遊ぶ小黒はまるで泳いでいるかのよう。

蝶を追いかけ、咲き誇る花の香りを嗅ぎつつ、楽しみは

　どこまでもやむことがない。

【自注】

　　2011 年 9 月筆者重返中壢「圓光佛學研究所」這個曾經撰寫博士論文的青春聖地之後，有福認識該年 11 月左右進入校園結束流浪生活的「小黑」，到了次年 (2012) 的清明節，師生們要筆者在那段大規模的宗教活動期間把牠收容到宿舍，以避免只要看到陌生人就開始大叫的牠驚動來上香的民眾。

　　筆者從那個清明節起，每逢清明節寺方舉行水陸大法會之際，有榮幸照顧牠，至少每天一次帶牠散步。因為牠屬於米克斯的臺灣土狗，所以，非常愛運動，每一次散步花了不少的時間，但是，正因為如此，筆者也慢慢體感到桃園的田園原來是多麼美好的。

16

敬贈鳳翔山正瑞寺住持智誠師父 (2017.06.19)
　　——鳳翔山正瑞寺住職・田中智誠師へ

山豬霸道獵良筍，　　○○●●●○◎
石馬無聲幾百春；　　●●○○●●◎
獅吼鳳翔誰不見？　　○●○○○●●
名藍幸有古心人！　　○○●●●○◎

(平起式，平聲真韻)

【訓読】
山猪覇道　良筍を猟す。
石馬　声なし　幾百春
獅吼鳳翔　誰か見ざる
名藍　幸いにあり　古心の人

【口語訳】

猪が横暴にも、その年一番上等のタケノコを漁ってゆき、
古墳に立つ石馬は何百年もの昔から、声もなくたたずんでいる。
和尚さんの獅子吼と、飛翔する鳳凰とを目にしない者は

おりません。

名高いお寺に、いにしえの高僧と同じ心をお持ちの御僧侶が
　おられます。

【自注】

　　日本黃檗山萬福寺文華殿主管田中智誠師父 (1949-)
這 20 年以來一直提供筆者許多研究資料，鴻恩如山！
而很奇妙的是，他所住持的這座「鳳翔山正瑞寺」和他
所主管的大本山文物館 (即是筆者捐贈多本文獻的上述
「黃檗山萬福寺文華殿」) 這兩個地方的地名盡管離得沒
那麼近，坐火車坐了至少一個鐘頭以上才到，但都叫「五
箇庄 (莊)」，可見佛菩薩也保佑他這麼多年以來每個禮
拜繼續來往這兩個地方，但因為地名一樣而不會覺得兩
地上工的辛勞，是不是？

　　智誠師父時常鼓勵筆者拙劣的人生行路，不但免
費贈送筆者一大批還沒對外公表的許多寶貴文獻的影印
本而能夠讓筆者順利拿到博士學位，也在關鍵性的時刻
一再伸手，來把筆者從破滅的邊緣搶救過來，恩銘五內！
而他所住的這座「正瑞寺」雖有悠久的歷史，但因為在
山上，這幾年以來得不到食物的山豬時常下來挖出來最
好的竹筍，甚至於出現在師父的面前示威而跑過去。

　　而這座正瑞寺所在的地方雖是山上，但是從早史前

時代已經有人住過，這一件事不但寺前的古墓石室予以證明，而附近的另外一座寺院叫作「石馬寺」，也無言間予以證明。關於後者，筆者之所以這麼說，是因為顧名思義，這個「石馬」意味著北京明十三陵前面那樣的石造物。

17

清淨光寺放生池懷古 (2017.11.13)
　──清浄光寺（遊行寺）の放生池にて往古を偲んで

風語松聲和水音，　　○●○○●●◎
規模豈不勝如今；　　○○●●●○◎
滿都鱗族皆終此，　　●○○●●○○●
波色應呈銀與金！　　○●○○○●◎

（仄起式，平聲侵韻）

【訓読】
風語　松声　　水音に和す
規模　　豈に如今に勝らざらんや
満都の鱗族　皆な此に終わる
波色　応に呈すべし　銀と金と

【口語訳】

風の響きや松の葉のさざめきが、池の水音に和している。

この池の規模は、往古はもっと大きかったことであろう。

江戸の街中の金魚や鯉たちは、ここで余生を送ったという。
するとその頃は、この池の波も金波銀波と輝いていたのでは
ないだろうか。

【自注】

　　　看來再平凡也不過的清淨光寺的放生池雖然目前
是一個規模不太大的池塘，但是，300 多年以前，君臨
日本中央政府 (江戶幕府) 的德川綱吉 (1646-1709，為
著名歷史人物家康的曾孫) 下令嚴禁他直接統治的民眾
(除外各藩藩主所治的民眾)，尤其是，江戶 (今東京)
市民殺生和虐待動物的許多行為之際，許多民眾只好把
自己飼養的金魚放生到這裡。那麼，當年的規模一定會
是比現在的好幾倍吧。

　　　因為那套法律對狗的愛護特別深厚，所以，動不動
就被視為專門愛護狗類的法律，但是，事實卻不然。因
為有它，一向繼承戰國遺風傾向暴力的許多民眾才慢慢
學習佛教所宣揚的戒殺護生精神，詳細的事實，請讀者
參閱拙著〈日本 17 世紀以後的戒殺護生思想：以德川
綱吉為中心〉，《圓光佛學學報》第 27 期，頁 107-154。

18

清浄光寺寒中早課 (2017.12.25)
　　——清浄光寺（遊行寺）寒中の朝勤行

星猶未落別溫床，　　○○●●●○◎
慢走長廊謁覺王；　　●●○○●●◎
閉卷方迎天欲曉，　　●●○○○●●
不知今日有何忙？　　●○○●●○◎

(平起式，平聲陽韻)

【訓読】
星　猶お未だ落ちざるに　温床に別れ
慢ろに長廊を走んで　覚王に謁す
巻を閉じて方めて迎う　天の暁けんと欲するを
知らず　今日　何の忙かある

【口語訳】

空にはまだ星が輝いているのに温かな寝床を出て、

本堂へ続く長い廊下をゆっくりと歩んで、御本尊にお目に掛かる。

お経を誦げ終えた頃にようやくにして空が明るくなる。

今日はいったいどんなことに追われるのだろうか？

【自注】

　　這是從此年 (2017)10 月中旬到次年 (2018)3 月中旬之間的每天早課的真實情況。基本上，早上至晚 4 點 50 分起床，然後，5 點升堂，開始差不多一個鐘頭的早課。因為從 10 月中旬以後就連天下大雨，所以，冬天比前幾年確實來得還早。

19

雪朝昇堂 (2018.01.23)
　　——雪の朝、本堂へ

湘南不啻富陽光，　　○○●●●○◎
冬到常逢冰與霜；　　○●○○●●◎
今日滿山銀世界，　　○●●○○●●
暫忘寒苦走長廊！　　●○○●●○◎

(平起式，平聲陽韻)

【訓読】
しょうなん　た　　　ようこう　と
湘南　啻だに陽光に富むのみならず
ふゆいた　　つね　あ　　こおり　しも
冬到れば常に逢う　氷と霜とに
こんにち　まんざん　ぎんせかい
今日　満山の銀世界
しばら　かんく　わす　　ちょうろう　あゆ
暫く寒苦を忘れて長廊を走む

【口語訳】

湘南の地は決して陽光に富んでいるというばかりではなく、

冬が訪れれば氷や霜にも出くわすのである。

今日は山一面の銀世界。

その美しさに寒さを忘れて本堂へ続く長い廊下を歩むのだった。

【自注】

　　筆者這一次通過修行來獲得的比較大的收穫之一乃是能夠親身體驗「湘南是日本的佛（羅里達）州」這句話不過是媒體和旅行社聯手編造的一派胡言，絕不可以輕易地相信。因為靠海，所以，從海邊吹過來的風能夠讓我們把自己錯覺為變成冰柱，而雖然下雪不多，但是，一旦下雪，還是深得能夠讓我們埋沒雙腳。

20

別舊書包 (2018.05.16)
　　——古い鞄に別れを告げて

縦横修繕似傷兵,　　●○○○●●○◎
與我同勞如弟兄；　　●●○○○●◎
負重四年將告老,　　●●●○○●●
只祈從此一身輕！　　●○○○●●○◎

（平起式，平聲庚韻）

【訓読】
　縦横に修繕して傷兵に似たり
　我と同労　弟兄の如し
　重きを負うこと四年　将に老を告げんとす
　只だ祈る　此れより一身軽きことを

【口語訳】

　あちこち修繕してさながら傷病兵のようなありさまとなった鞄よ。

　私とは兄弟のように苦労を分かち合って来たのだった。

　四年にわたる活躍もついに終わりを告げ、退役のときが来た。

どうかこれからは重荷を負うこともなく軽やかに過ごしてね。

【自注】

　　筆者這一次訪臺期間在法鼓山上接受一位比丘尼同學慈悲惠送的新的背包，而上一任背包呢，因為如在本篇所說的這樣子老舊，先把它放入於行李箱，帶回到日本，之後予以退役了。因為裡面不再有機會放東西，所以，以後應該是「一身輕」吧！

21

八月三十日黄檗山朝課 (2018.08.30)
　——八月三十日、黄檗山（おうばくさん）の朝勤行（あさごんぎょう）を拝して

松黑逼人風愈清，　　○●●○○●◎
鴉鳴蟬叫壯潮聲；　　○○●●●○◎
方知三籟能交響，　　○○○●●○●
不察晨曦代月明！　　●●○○●●◎

（仄起式，平聲庚韻）

【訓読】
松（まつ）黑（くろ）くして人（ひと）に逼（せま）り　風（かぜ）愈（いよいよ）清（きよ）く
鴉鳴蟬叫（あめいぜんきょう）　潮聲（ちょうせい）を壯（さか）んにす
方（はじ）めて知（し）る　三籟（さんらい）の能（よ）く響（ひび）きを交（まじ）うるを
察（さっ）せず　晨曦（しんぎ）の月明（げつめい）に代（か）わるを

【口語訳】
松はなお漆黒（こく）の闇に鎖され、それが僧侶らへ押しかからんばかり
　であるが、
　風はいよいよすがすがしい。

潮のような唄の声をより一層壮大なものたらしめるのが、

　堂外なる鴉や蝉の声である。

天地人の三界の響きが交響曲さながらに融合するのだということを、

　私ははじめて理解した。

いつしか大雄宝殿の外は、月明かりに代わって、朝の光に

　包まれつつあった。

【自註】

　　從 8 月 28 日到 31 日之間，筆者終於有福住在黃檗山，每天在文華殿整理這幾年以來自己所捐贈的以佛教為中心的中文文獻，也開始編製目錄。本篇承句 (第二句) 的意思是，「烏鴉和群蟬的聲音能夠讓像潮聲一樣的僧眾梵唄變得更莊嚴。」關於轉句 (第三句) 所謂的「三籟」指所謂的天地人三才所發生的聲音。

22

惜南宋・劉克荘晩節不保 (2019.05.02)
　——南宋の劉克荘が晩節を保てなかったことを惜しんで

不憂詩禍錯青春，　●●○○●●○◎
結社江湖德有鄰；　●●○○○●●◎
重入廟堂交國賊，　○●●○○●●
難甘六絕最多人！　○○●●●○◎

（平起式，平聲真韻）

【訓読】
憂えず　詩禍の青春を錯つを
社を江湖に結んで　德に隣あり
重ねて廟堂に入るに　国賊に交わる
甘んじ難し　六絶最多の人に

【口語訳】
若き日に詩にからんだ筆禍で災難に遭ったが、そのことにめげず、

60歳で復権を果たすまで、野に在って詩社を結び、

「徳は孤ならず、必ず隣あり」という『論語』の格言のままに

多くの友を得た。

惜しむらくは復権後の彼は、南宋亡国の奸臣・賈似道《かじどう》に近づいてしまった。

特異な詩形・六言絶句を最も多く製作した詩人、という文学史上の地位だけでは満足できなかったのであろう。

【自注】

　　　筆者對於劉克莊 (1187-1269) 這位代表南宋的大詩詞人懷有不小的興趣和親近感，之所以說‘興趣’，是因為他一生撰寫快要滿 400 首的「六」言絶句，在中國詩歌歷史上是製作分量最多的一位，這個分量呢，不但超過旅日福建高僧高泉性潡禪師 (1633-1695) 的 220 幾首 (這個，筆者曾經在自己博士論文裡面研討過)，也遠遠超過在中國本土 (除外上述高泉那種旅外終生的人士) 處於第二位的北宋・覺範惠洪禪師 (1071-1128，寂音尊者) 的 90 首。

　　　而筆者之所以說‘親近感’，是因為劉克莊不到 40 歲的寶慶年間 (1225-1227) 因為有一首詩被視為批評那時候當個宰相的史彌遠 (1164-1233) 而只好掛冠在野，直到淳佑 6 年 (1246) 虛歲 60 歲的那一年才重見天日，以「賜同進士出身」在朝廷擁有位子，理宗皇帝接納他的理由是，「文名久著，史學尤精」。

然而，回到睽違多年的官途之後，雖然他不辜負朝野的期待，不管在學術或者文藝都展現出來精采的表現，但越來越接近那時候一身擁有權勢、最後導致亡國的奸臣賈似道(1213-1275)，難免有被不少人士的失望和批評。

　　因為現在的筆者被逼離開學術圈已多年，心裡一直有再怎麼努力拂拭也拂拭不掉的失落感，也希求有個美好的因緣能夠讓自己重返那個圈子。但是，既然知悉劉克莊重參朝廷之後的負面行跡，筆者要把他當作自己的一個反面教員，自戒假使能夠遇到運氣好轉的一天也千萬不可以增長慢心和勢利心，否則，自己一定會走與他一樣的歧途！

　　本篇承句(第二句)就描寫他掛冠之後一邊好不容易糊口，一邊還保持著熱衷，結社賦詩的樣子，眾所周知，他和他的詩友被叫做「江湖派」，代民訴苦，感動一時，真是「德不孤，必有鄰」(《論語・里仁》)吧。正因為如此，筆者還是不得不替他惋惜其晚節不保！

　　最後，關於六言絕句，尤其是，其在宋代的流行狀況，請參閱周裕鍇教授著〈因難見巧：宋代六言絕句研究〉，收入於《宋代文學研究叢刊》第9期，高雄：麗文文化事業公司，2003年。著者周教授在這篇富有特色的論文中很精密地計算宋代主要詩人們所寫的六言

絕句正確份量。請參閱該期，頁 87-88。至於劉克莊對它的酷愛，請參閱頁 91。

23

路拾京都清水寺門票 (2019.06.03)
　——路上で京都・清水寺の拝観券を拾って

千載名藍鎮洛陽，　　○●○○●●◎
仰瞻山上大慈航；　　●○○○●●○◎
松風入瀑音非小，　　○○●●○○●
使眾催涼暑可忘！　　●●○○○●●◎

(仄起式，平聲陽韻)

【訓読】
千載の名藍　洛陽を鎮す
仰いで瞻る　山上の大慈航
松風　瀑に入り　音　小なるに非ず
眾をして涼を催さしめ　暑　忘るべし

【口語訳】

千年の歴史を誇る大伽藍が、京の都を鎮護している。

人々を救うお慈悲の大船が、海ならぬ山の上に鎮座しているのだ。

松の間を吹き渡る風が音羽の滝へと吸い込まれれば、その音も

小さくはないはず。

人々はそのすがすがしさに涼気を催し、暑さを忘れる
ことであろう。

【自注】

　　清水寺雖然屬於法相宗，但看來絕大多數的內外香
客們對於該宗繁瑣的教理連一點概念也沒有，只是希求
有福得到觀世音菩薩尋聲救苦的濟度而已。因為清水寺
從来沒有所謂的「世襲信徒」(日文：檀家、檀徒)，所
以只好靠著收費引人參觀而維持廣大的伽藍，而門票背
面就印刷著這麼一首和歌：「松風や音羽の瀧の清水を/
むすぶ心はすゞしかるらん」

　　這首歌多個世紀以來被視為花山天皇 (968-1018) 年
少退位、出家之後所作的御製，眾所周知，他也被視為
所謂「西國三十三所觀音聖地」事實上的奠基人，至於
這首歌的大旨，乃是本篇後面兩句所說的那樣子。

　　本篇承句 (第二句) 所謂的「大慈航」意味著「佛
菩薩 (這裡乃指觀世音菩薩) 偉大可靠的度眾願船 (= 慈
航)」，例如清・周夢顏居士 (1656-1739) 在其《西歸直
指》卷 1 開宗明義說：「(世尊) 又授以至簡便法，使但
念彼佛，即便往生，真生死海中大慈航也。」請參閱《卍
新纂續藏經》第 62 冊，頁 103，下。

24

横濱翠嵐高中校門即事 (2019.06.09)
　——横浜翠嵐高等学校校門にて

當年舅妹與雙親，　　○○●●●○◎
上學途遼自健身；　　●●○○●●◎
我誦單詞君數式，　　●●○○○●●
到門回首望名津！　　●○○●●○◎

(平起式，平聲真韻)

【訓読】
　当年　舅・妹と双親と
　上学　途遼にして自ずから身を健にす
　我は単語を誦し　君は数式
　門に到って　首を回らして名津を望む

【口語訳】
　かつてわが母方の叔父も妹も、さらには両親も
　通学路が遠いことで、おのずと身体を健康ならしめた。
　私が英単語を暗誦すると、君は数式を暗誦するというふうで、
　かくて校門に到着して振り返れば、名高き横浜港が望まれる

のであった。

【自注】

　　在我家裡，雙親、大舅和舍妹都是這間名校的校友。最近，筆者發現該校其實離最近的火車站 (東橫線「橫濱站」或者「反町站」) 得走一段距離，難怪他們‘翠嵐四君子’中比筆者都至少大 24 歲的三位 (即是老親和大舅) 都健步卻勝過於筆者，更不用說比筆者小 3 歲的舍妹！

　　本篇轉句 (第三句) 所謂的「單詞」乃指英文單詞。

25

綱島站前商店街有一座地藏王菩薩祠 (2019.06.13)
　　──東横線綱島駅前商店街にお地蔵様の祠あり

自在現身陽與陰，　●●●○○○◎
萬民崇信勝觀音；　●○○○●●○◎
悲心最注童男女，　○○●●○○●
久立街頭影易尋！　●●○○●●◎

（仄起式，平聲侵韻）

【訓読】

自在に身を現ず　陽と陰と
万民崇信　観音にも勝る
悲心　最も注ぐ　童男女
久しく街頭に立って　影　尋ね易し

【口語訳】

地蔵菩薩は自由自在にこの世とあの世にお姿を現される。

みながこの方を崇拝し、観音様をもしのぐほどである。

そのお慈悲の念は、とりわけ幼い子どもたちへ注がれており、

街頭に立つお姿を探し求めるのは、決して困難なことではない。

　　說真的，依筆者來看，整個日本寺院外面所立的地藏王菩薩尊像的數量很可能遠遠超過於觀世音菩薩吧。而祂們之所以沒戴一頂像《西遊記》中唐三藏所戴的那種「毘盧帽」，是因為這個東西很可能到明代以後才有，而日本這邊的地藏王菩薩尊像一向模倣宋代以前的造型，而那個時代呢，「毘盧帽」很有可能還不存在。

26

東京「有栖川宮紀念公園」梅雨剛過 (2019.07.17)
　　——梅雨明けから間もない東京「有栖川宮記念公園」にて

雨雲才去水津津,	●○○○●●○◎
花木色新皆拂塵;	○●●○○●○◎
中外古今書萬卷,	○●●○○●●
忘憂勝酒快無倫!	○○●●●○◎

（平起式，平聲真韻）

【訓読】
雨雲才めて去り　水津々たり
花木　色新たにして皆な塵を払う
中外古今の書万巻
憂えを忘るること酒に勝り　快　倫ぶものなし

【口語訳】

雨雲もようやく去って、ここ有栖川公園の池には水が溢れている。

花や木は、雨によって塵を落とされみな色新しい。

園内の都立中央図書館には古今東西の万巻の書籍が並んでいる。

それらを読むと、酒を飲むよりも憂えを忘れることができ、

　並ぶものなき楽しみを覚えるのだ。

【自注】

　　　筆者其實難以否定對於不少凡夫來說,酒的確是「百
藥之長，嘉會之好」(語出於《漢書・食貨志》。) 不
過，一個人沒有朋友陪伴之下繼續飲酒取樂的話，很可
能是凶多吉少，絕不會有任何美好的結局。那麼，我們
還不如向書上尋找古今中外賢人的睿智或者不該效法的
失敗，來吸取許多教訓和精神滋養才是吧！

27

回家路上與父同車 (2019.07.22)
　──帰宅途中、父と同じバスに乗り合わせて

惜哉無力繼書香，　　●○○○●●○◎
桑梓老歸如異郷；　　○●●○○●◎
父子同車心最急，　　●●○○○●●
背包埋首睡難裝！　　●○○○●●○◎

(平起式，平聲陽韻)

【訓読】

惜しいかな　力として書香を継ぐことなし
桑梓　老いて帰れば　異郷の如し
父子同車　心　最も急なり
背包に首を埋むるも　睡　装い難し

【口語訳】

惜しむらくは読書好きの父の気風を受け継いで一家を構えることは
　　できない。

年老いて故国へ帰ってみると、もはや異郷の地さながらで、

何もかもゼロからの再出発であった。

いま、父子が同じバスに乗り合わせる羽目となり、大焦りである。

リュックに顔を埋めてはみるものの、寝たふりをするのは難しい。

【自注】

　　今天旁晚，筆者結束有點長途的散步之際，累得再怎麼振作起來也不能走，於是，只好到綱島站旁的公車站上車，沒想到家父早在車上。所幸，他察覺不到不肖之子上過來，擦過他的位子，而在後面坐。筆者只好向自己放在腿上的背包埋頭俯首，假裝睡著，走到我們平常所下車的站，看完家父下車走路，還在車上的不肖之子才放心舉頭，走到下一站才下車了。

　　果然，家父連車上短短 10 分鐘的時間也還是用心閱讀一本英文雜誌 (好像是 *TIME*)，勤學之深，能夠讓筆者敬佩且內疚，因為筆者很可能給他絕嗣，泉下無臉跟他再見！

28

横濱野毛山動物園夜間開放 (2019.08.17)
　　——横浜野毛山動物園の夜間開放

美如星海萬家燈,　　●○○●●○◎
港上有丘涼可乘;　　●●●○○●◎
晝睡夜行獅與虎,　　●●●○○●●
隔溝深羨我嚼冰!　　●○○●●○◎

（平起式，平聲蒸韻）

【訓読】

美　星海の如し　万家の燈
港上　丘あり　涼　乘ずべし
晝睡夜行　獅と虎と
溝を隔てて深く羨む　我の氷を嚼むるを

【口語訳】

星の海さながらに美しい、家々の燈火である。

港のほとりには丘があり、夏でも涼しさが得られる。

そして、夜行性で昼間は寝ているライオンやトラたちは、

私が溝を隔ててアイスクリームを食べているのを深く羨んでいるかのようだ。

【自注】

　　幾年以來，這所歷史悠久的動物園到了每年 8 月各級學校暑假之際就舉行周末夜間開放活動，好心能夠讓民眾親眼觀察不少鳥獸們的真面目，筆者之所以說「真面目」，是因為牠們其實屬於夜行性的並不算少，在這一點，老虎和獅子也都不例外。

　　雖然因為篇幅有限而這一首無法全面描述，但除了萬家燈火之外，海港那邊的夜景也是美得超乎凡筆之所能述的，希望各位讀者親自網路上查詢相關照片為祈！筆者可以斷言，雖然長崎和函館這兩個日本著名海港的夜景都美值得百萬美金，但是，橫濱港的夜景也其實並沒有遜色！

29

竊祝良師好友以書畫修飾我詩 (2019.09.17)
　　—— どなたか良き師友が、その書画でもって私の詩に彩り
　　　　を添えてくれますように

毫無顧畫與王書，　○○●●●○◎
幸得詩心常有餘；　●●○○○●◎
唯願仁人憐我志，　○●○○○●●
助成三絕滿洪虛！　●○○○●●○◎

(平起式，平聲魚韻)

【訓読】
毫も無し　顧画と王書と
幸いに得たり　詩心の常に餘りあるを
唯だ願わくは　仁人の我が志を憐れみ
三絶を助成して　洪虛に満たしめんことを

【口語訳】
自分には顧愷之のような画才もなければ王羲之のような書道の才も
　　まるでない。

それでも幸いなことに詩心ばかりは有り余っているようだ。

そういうわけで、どなた心ある師友が私の切なる願いを
　お聞き届けくださり、

書や画でもって、私の作品を表現し、宇宙に充ち満たせて頂きたい
　ものである。

【自注】

　　本篇起句(第一句)所謂的「顧畫與王書」分別指
六朝顧愷之的畫才和王羲之的書技，不用多說，筆者從
小在繪畫和書法這兩個方面一點也沒有才華。而結句(第
四句)所謂的「三絕」意味著「三種卓越超絕的才能」，
例如：《晉書・顧愷之傳》有這麼一句話：「俗傳愷之有
三絕：才絕、書絕、癡絕。」而這裡乃指詩、書和畫這
三種才華，雖然筆者擁有一點點詩才，但至於書和畫的
方面，從來連一點天分也沒有！

　　結句(第四句)所謂的「洪虛」為筆者造詞，意思
乃是「太虛」。

30

横濱港紅磚倉庫前下觀光船 (2019.09.23)
　　──横浜港の赤レンガ倉庫前で観光船を降りて

百座樓前獨下船，　●●○○●●◎
燈如星海與天連；　○○○●●○◎
人間此刻成何景？　○○●●○○●
情侶歡呼手互牽！　○●○○●●◎

（仄起式，平聲先韻）

【訓読】
百座楼前　独り船を下るに
燈　星海の如く　天と連なる
人間　此の刻　何の景をか成す
情侶　歓呼して　手　互いに牽く

【口語訳】

百を超えるビルが立ち並ぶ地で観光船を降りると、

ビルの燈火が星の海さながらに天へと連なっている。

この時、どんな情景がこの場に現れるか？

恋人同士が歓呼しつつ、互いに手を牽き合っているのだ。

【自注】

　　這兩棟紅磚倉庫都已被改裝為商店街，每天能夠吸引到多位遊客，真是本市海港地區的新景點。除外這兩棟古老的建築物，其他都是這 30 年以來新建的高樓大廈，有點像香港島北岸或者九龍海邊。

31

獨立性易禪師讃 (2019.10.19)
　　——独立 性易禅師 (1596 〜 1672) を讃えて

埋骨何分浙與閩，　　　○●○○●●◎
恩仇到此兩堪泯；　　　○○●●●○◎
當年錦帶橋頭月，　　　○○●●●○○●
永照萬松岡上人！　　　●●●○○●◎

（仄起式，平聲真韻）

【訓読】

骨を埋むるに何ぞ分かたん　浙と閩と
恩仇　此に到って　両つながら泯ずるに堪う
当年　錦帯橋頭の月
永く照らす　万松岡上の人

【口語訳】

浙江省出身者（独立禅師）と福建省出身者（隠元禅師一行）との間
　　の不和など、

骨をうずめるに際してなんの関わりがあろうか？

生前の怨みも憎しみも、死の前には氷のように溶け去るのだ。

かつて錦帯橋（独立禅師が構想を提供）を照らした月は、

いまもここ黄檗山万松岡に眠る独立禅師と他の黄檗の唐僧ら

とを等しく照らしているのだ。

【自注】

　　獨立性易禪師 (1596-1672)，浙江杭州人，為了逃避明末兵亂而 1653 年浮海到日本長崎，恰好，隱元隆琦禪師也在下一年帶著多位徒弟們，一樣來到長崎。於是，他很期待只要在隱元禪師的座下剃度出家，以後至少能夠經懺維生。沒想到，包括隱元禪師在內的那批比丘集團幾乎清一色是福建人，在語言和個性上跟他這麼一個純粹的杭州人格格不入，結果，他終於被逼離開他們。

　　獨立禪師離開了來日黃檗師徒之後，直到晚年幾乎都沒有跟他們有所互動，但不管以前如何交惡，年邁的他越來越希望去參觀已經建立出來的黃檗山，甚至於把它訂為埋骨之處。他這個希望幸好被兩位徒弟圓滿。如今，萬松岡上就看到他的墓碑。這座萬松岡乃是黃檗山歷年以來埋葬多位出家眾和大護法的地方。

　　在他晚年許多事蹟中，最值得特書的乃是，他有一次把自己從中國帶來的《西湖遊覽志》給岩國藩上層人

士過目，他們開始思考如何建構出來模擬西湖那邊的拱形橋。結果，雖然他看不到整個橋梁的完工而往生，但他提供許多相關資訊的「錦帶橋」在他往生的下一年，即是 1673 年就展現出來其優雅姿態，一直到現在。與西湖的原版不同的地方是，在拱型部份用木頭取代石頭。

32

浴室所見 (2019.10.20)
　　──浴室で見かけた光景を

落髪彌多而似灰，　●●○○○●◎
不知何藥黑堪回；　●○○●●○◎
七旬加八春難復，　●○○●●○●
六十年前女秀才！　●●○○●●◎

(仄起式，平聲灰韻)

【訓読】
落髪　弥 多くして灰に似たり
知らず　何の薬か　黒　回するに堪う
七旬　八を加えて　春　復し難し
六十年前　女秀才

【口語訳】

抜け落ちた髪はいよいよ多く、しかも灰のような色を呈している。

どんな薬があればもとの黒さを取り戻すことができようか？

数えで七十八歳を迎え、青春の若さを回復することは難しい。

この女性も六十年前は近郷近在を代表する秀才だったのだが。

【自注】

　　　家母 1942 年 8 月 31 日生於上海市日本租界，而在
1961 年縣立橫濱翠嵐高中畢業，為家父在該校小一屆
的學妹，也是比舍妹大 29 屆的學姐，我國著名經濟學
者「大前研一」教授乃是與她同屆異班的同學。

　　　這幾天以來，她負責同屆女生同學會的負責人，為
了準備開會而每天忙碌，結果，她自然落髮比以前多得
好幾倍，身為一個向來給她許多壓力和失望的不肖兒子，
筆者再不敏感也不無有擔心。

33

贈北川修一學兄 (2019.10.27)
　──北川修一さん（台中東海大学副教授）へ

南帖北碑修百風，　　○●●○○●◎
一心求是立如松；　　●○○○●●○◎
同門異校師兄弟，　　○○●●○兄弟●
久隔山川意自通！　　●●○○○●●◎

（仄起式，平聲東、冬通韻）

【訓読】
南　帖北碑　百風を修む
一心求是　立つこと松の如し
同門異校　師兄弟
久しく山川を隔つるも　意自ずから通ず

【口語訳】
南部ではいわゆる法帖、北部では碑文の拓本を学ぶというのが
　中国書道の常道であるが、わが北川兄はあらゆる書風に
　通じていらっしゃる。

一心に正しき書を求めて、立つ姿は松さながらである。

違う大学に学びつつ、同一の師に就いて学んだ間柄ゆえ、

長年山河を遠く隔ててはいても、心はおのずから通じ合っているのだ。

【自注】

　　　　因為南北朝時代，南朝有王羲之《蘭亭帖》等法帖名品，反之，北朝有鄭道昭碑等多枚摩崖碑，所以，書法界向來有句話「南帖北碑」，而我北川兄在二松學舍大學專門學習書法，精通於中日多位名家的不同的作風。

　　　　而他除了書法很佳之外，也有多年的治學經歷，對於中國音韻學和文法學等富有研究成果，可以說：「一心求是」。不但如此，身子太高的他站立得像一棵秀松一樣，但是，因為面貌向來很溫和，所以，很多人看他就有可仰且可親的感受，這一點，筆者也不例外。

　　　　筆者其實覺得東海學子能夠當他的學生是個難得的福氣，希望上蒼加護已滿半百的他繼續開心教書到退休年紀。筆者這幾年以來一直希望他不管筆者的社經地位如何，繼續慈悲惠賜友誼！而筆者相信我們之間的友情隔著大海也不會停歇！

34

東京南青山晩秋夜景 (2019.11.25)
　——東京南青山の晩秋の夜景

昭末以來遊幾回？　○●●○○●◎
紅男綠女比肩來；　○○●●●○◎
萬燈為海秋將老，　●○○●●○○●
落葉無時不作堆！　●●○○○●●◎

（仄起式，平聲灰韻）

【訓読】
昭末以来　遊ぶこと幾回
紅男緑女　肩を比べて来たる
万燈　海を為し　秋　将に老いんとす
落葉　時として堆を作さざるなし

【口語訳】

昭和の終わりごろから、この地へ一体幾度遊んだことだろうか？

華やかな身なりの男女が肩を並べて通り過ぎてゆく。

数え切れないほどの燈火の海が目の前に広がり、秋もようやく

終わろうとしている。

落ち葉がひっきりなしに積み上がりつつあるのだから。

【自注】

　　本篇起句 (第一句) 所謂的「昭末」意味著「昭和時代 (1925-1989) 的末期」，而這個地區可算是整個東京最時髦的地方，衣冠美麗的紅男綠女 (大概是情侶 ......) 比肩而行，真像時尚雜誌上的多張照片！

　　結句 (第四句) 乃是青山學院大學這間歷史悠久的教會學校的校園在這段時期的寫照。值得一提的是，邁入 12 月之後，校方每年照例把一棵大樹當成聖誕樹，美得無法形容。

35

又祝本市林市長文子女士早日翻迷，取消賭博場之建設
企劃（2020.01.18）

　　──横浜市長・林文子氏が速やかに迷いから醒め、
　　　カジノ建設計画をお取消しになりますように

何啻愚迷擲萬金，　　○●○○●●◎
斯文掃地永難尋；　　○○●●●○◎
知非不飾真君子，　　○○●●○●●
豹變有顔交士林！　　○●●○○●◎

（仄起式，平聲侵韻）

【訓読】

何ぞ啻だに愚迷の万金を擲つのみならんや
斯文　地を掃い　永く尋ね難からん
非を知って飾らざるは　真君子
豹変　顔として士林に交わるあらん

【口語訳】

　愚かな人々がカジノですってんてんになるばかりではなく、

人類の優れた文明も、地を掃って尋ね難くなってしまいましょう。

自らの過ちを知って取り繕わない人こそ、本当の君子であります。

市長がいわゆる「君子豹変」の麗しき姿をお示しになれば、

　　まともな政治家たちに伍して今後もやってゆける、という

　　面目も立つのでは？

【自注】

　　　　本市市長向來很積極推動賭博場的建設，雖然她強調因為興建賭博場的地方是個沒有民宅的臨港工業地區，所以很容易控制遊客的出入，不會毒害到社會幼苗，至於賭癮人士的醫療，當然會開設一所醫院專門治療那些陷入賭癮的可憐人。

　　　　不過，筆者還是覺得我們橫濱又不是像澳門那種專靠觀光的老海港而是像天津和高雄那種國際級大港，那麼，興建賭博場一定會有危險性能夠給我們橫濱向來一直美好的形象帶給不少的損害。

　　　　畢竟，賭博場不但給不少民眾帶來墮落和痛苦，也讓整個城市喪失文化氣息 (= 斯文掃地)，最好還是取消當初的企劃。希望這位林市長千萬不要繼續重複毫無意義的辯解，也不要文過飾非，卻能夠「過，則勿憚改」(《論語・學而》)，這樣子才能夠讓我們整個市民讚嘆她說：「市長，您果然不愧是個真君子，毫無像‘過也必文’(《論

語・子張》)那種小人模樣！」誠然，「君子之過也，如日月之食焉。過也，人皆見之；更也，人皆仰之。」(《論語・子張》)

其實，這兩句《子張》篇的金言分別為子夏和子貢所說的，並不是孔夫子這位《論語》一本主角自己的遺教，而看來這種思想都一樣來自《易經・革卦・象曰》所謂的這麼一則話：「君子豹變，其文蔚也；小人革面，順以從君也。」相信眼看市長豹變，不少民眾樂見她繼續擔任市長，建立出來一個真正能夠兼顧貿易和觀光的港灣大城！

36

冬日隔庭望見鄰家老貓 (2020.02.08)
　──冬のある日、庭越しに隣家の老猫を眺めて

福報遲來在老年，　●●○○●●◎
身殘被棄未堪憐；　○○●●●○○
沐光窗內眠為事，　●○○○眠○●
晚慕主人聲震天！　●●●○○●◎

（仄起式，平聲先韻）

【訓読】
福報　遅く来たりて　老年に在り
身残し棄てらるるも　未だ憐れむに堪えず
光に窓内に沐し　眠りを事と為す
晩に主人を慕って　声　天を震わす

【口語訳】

この猫に良き報いが訪れたのは、もはや老年に到っての
　ことであった。

身体に障害を負って捨て猫となったことは、実は憐れむべきことで

はない。

日中は温かな室内で日の光を浴びながら、眠り込んでいる。

そして夕暮れともなれば、主人を恋い慕って声高らかに
啼き始めるのだ。

【自注】

　　這隻貓身體已經衰弱，每天幾乎除了睡覺之外，只有吃飯而已，我家廁所的窗外乃是鄰家的院子，可以看到牠甜眠的可愛模樣，有時候讓筆者彷彿看到「睡貓」這個日光東照宮的著名木刻作品。而牠的女主人每天再晚也晚上 8 點以前回來，不過，當女主人有故超過這個早已固定的回家時間也還沒回來的時候，牠就開始連叫，直到女主人終於回來為止。

37

大倉山梅花漸開，憶外祖母 (2020.02.16)
　　——大倉山で梅が次第に開花、亡き外祖母を偲びつつ

愈覺今年春已來，	●●○○○●◎
羅浮山上宴頻開；	○○○●●○◎
眼前佳境皆依舊，	●○○●●○●
唯少靈椿對眾梅！	○●○○●●◎

（仄起式，平聲灰韻）

【訓読】

　いよいよおぼ　こんねん　はるすで　き
　愈ゝ覚ゆ　今年　春已に来たれりと
　ら ふ さんじょううたげしき　　ひら
　羅浮山上　宴頻りに開く
　がんぜん　か きょう　み きゅう　よ
　眼前の佳境　皆な旧に依る
　た か　れいちん しゅうばい たい
　唯だ少く　霊椿の衆梅に対するを

【口語訳】

　今年はもう春が来たのだといよいよ感ずるようになった。
　　　　　　　　　　　ら ふ さん
　中国の梅の名所・羅浮山（広東省）さながらのこの地では、

梅を愛でる人々が宴を開いている。

目の前の素晴らしい眺めは以前に変わらないが、

霊椿（長寿で知られる伝説上の木）にも比すべきわが家の祖母が

もうこの世にいない、それだけが以前と異なり残念だ。

【自注】

　　　大倉山這座離家不太遠的丘陵向來是代表我國的梅花聖地之一，筆者向來相信它能夠跟「羅浮」這個代表中國的梅花聖地平分秋色，不，春色。而已故外祖母生前很期待每年梅花盛開的樣子。很遺憾的是，3年以前的2月9日她虛歲103歲與世長辭之際，山上的梅花都還沒開。

　　　本篇結句(第四句)所謂的「靈椿」乃指人瑞級高齡人士，《莊子・逍遙篇》所載的相關原文為：「上古有大椿，以八千歲為春，以八千歲為秋。」

38

愛新覺羅慧生小姐 (1938-1957) 虛歲 83 歲冥誕在即

(2020.02.25)

—— 愛新覚羅慧生さんが生きて世に在れば数え 83 歳の誕生
日も近づいたので

孝女哀求動相公，	●●○○●●◎
家書始入獄窗中；	○○●●●○◎
佳人早逝誰無憾，	○○●●○○●
空使雙親懷敏聰！	○●○○○●◎

（仄起式，平聲東韻）

【訓読】

孝女哀求して　相公を動かし
家書始めて入る　獄窓の中
佳人早逝　誰か憾み無からん
空しく双親をして敏聡を懐わしむ

【口語訳】

孝心溢れる慧生さんからの手紙に周恩来総理も心を動かされ、

家族の手紙もようやくにして獄窓なる父親・溥傑氏のもとへ
　届けられるに至った。
こんな素晴らしい人が早くに世を去ったことを
　誰が憾みとせずにいられよう。
とりわけ御両親は、その名どおりの彼女の聡明さを
　空しく偲ぶばかりでいらした。

【自注】

　　　慧生小姐讀國中以後才自習中文，寫一封信寄給
中國國務院總理周恩來 (1896-1976)，懇求總理允許她、
妹妹和母親嵯峨浩女士能夠跟音信久絕的父親溥傑早日
開始聯絡，結果，周總理被她的熱衷感動，下令允許溥
傑寫信給遠在日本的妻子和兩位千金。

　　　後來，1961 年 5 月嵯峨女士和二公女「嫮生」小
姐終於能夠到北京跟溥傑團聚之際，慧生小姐早已逝世，
不但他們夫妻重逢就浩歎不已，周總理也惋惜她的早逝，
且讚嘆她那麼小小的年紀上書給自己的勇敢。請參閱嵯
峨女士著《流轉王妃的昭和史》(日文原題：流轉の王
妃の昭和史，東京：新潮社，1992 年)，頁 271。

39

庚子初春街春所見 (2020.03.09)
　　——庚子(こうし)の年の初春、街頭の風景

満街皆是半顔人，　　●○○●●○◎
雙眼含憂庚子春；　　○●○○○●◎
何日走瘟能撤布，　　○●●○○●●
萬民開口謝天神！　　●○○●●○◎

(平起式，平聲真韻)

【訓読】

満街(まんがい)　皆(み)な是(こ)れ　半顔(はんがん)の人(ひと)
双眼(そうがん)　憂(うれ)いを含(ふく)む　庚子(こうし)の春(はる)
何(いず)れの日(ひ)か瘟(おん)を走(はし)らせて　能(よ)く布(ぬの)を撤(てっ)し
万民開口(ばんみんかいこう)　天神(てんしん)に謝(しゃ)せん

【口語訳】

街ゆく人々はみな、半ばまで顔を覆っている人々ばかり。

目には憂いを湛えた庚子(こうし)の年の春である。

いつになれば疫病を駆除して顔を覆うマスクを取り去り、

誰もが口を開いて神に感謝できるのであろうか？

【自注】

　　本篇起句(第一句)所謂的「半顏人」意味著「用口罩來遮掩半個臉的人們」。不知道這一次瘟疫到什麼時候才能夠結束，人們都可以拆卸多天以來所用的口罩，開心且開口說：「謝謝老天爺！」

40

某君自豪，雖有其理，不無異議 (2021.06.18)
　　——とある人物の自慢話に。道理はあれど異議なきにしも
　　　　あらず

臂力過人雙眼明，　●●●○○●◎
勸君應戒笑群生；　●○○●●○◎
能還巨債功雖大，　○○●●○○●
若少善緣誰克成？　●●●○○●◎

(仄起式，平聲庚韻)

【訓読】

<ruby>臂力<rt>りょりょく</rt></ruby>　<ruby>人<rt>ひと</rt></ruby>に<ruby>過<rt>す</rt></ruby>ぎ　<ruby>双眼<rt>そうがん</rt></ruby><ruby>明<rt>あき</rt></ruby>らかなるも
<ruby>君<rt>きみ</rt></ruby>に<ruby>勧<rt>すす</rt></ruby>む　<ruby>応<rt>まさ</rt></ruby>に<ruby>戒<rt>いまし</rt></ruby>むべし　<ruby>群生<rt>ぐんじょう</rt></ruby>を<ruby>笑<rt>わら</rt></ruby>うを
<ruby>能<rt>よ</rt></ruby>く<ruby>巨債<rt>きょさい</rt></ruby>を<ruby>還<rt>かえ</rt></ruby>す　<ruby>功<rt>こう</rt></ruby>　<ruby>大<rt>だい</rt></ruby>なりと<ruby>雖<rt>いえど</rt></ruby>も
<ruby>若<rt>も</rt></ruby>し<ruby>善縁<rt>ぜんえん</rt></ruby>を<ruby>少<rt>か</rt></ruby>けば　<ruby>誰<rt>たれ</rt></ruby>か<ruby>克<rt>よ</rt></ruby>く<ruby>成<rt>な</rt></ruby>さん

【口語訳】

その体力は誰にも負けないもので、二つの目は炯々と光を
　　放っている。

けれどもあなたには、どうか他者を見下すことを控えて頂きたい。

山のような債務を返済した功績たるや、誠に大きなものでは

　あるけれども、

返済するだけの良き御縁に恵まれなかったのであれば、

　誰にもできないことなのだから。

【自注】

　　　這位比筆者大幾歳的男人年輕時期由於經商失敗而債臺高築，然而，他能夠發揮毅力，再加上體力從小都豐沛，果然不久幾年，該還的都還好了。他的偉業的確是值得讚美的，不過，他一直以此自豪。

　　　眼看他這個樣子，其實，筆者也並不是沒有意見的。筆者乃認為因為那時候他能夠擁有那種過人的毅力和體力，所以才能夠還好了。這是他從娘胎帶來的好因緣，不是嗎？很多人因為沒有像他那樣的福報而不克還債，吞憾而終。那麼，他不可以靠著自己的優勢而藐視他人，不是嗎？

　　　本篇起句(第一句)所謂的「雙眼明」乃指他那雙炯炯的眼光。而承句(第二句)所謂的「群生」意味著「凡夫」。

41

六月十八日傍晚小机城覽古 (2021.06.18)
　──六月十八日夕方、小机城で往古を偲んで

山中有堡剰殘垣，　　○○●●●○◎
天黑無人入木門；　　○●○○●●◎
我獨掃蚊游竹海，　　●●●○○○●
松陰深處弔兵魂！　　○○○●●○◎

(仄起式，平聲元韻)

【訓読】
山中　堡あり　残垣を剰す
天黒くして　人の木門に入る無し
我独り蚊を掃って　竹海に遊び
松陰深き処　兵魂を弔す

【口語訳】
山の中に砦の址があり、今は石垣を残すばかりとなっている。
すでに空も暗くなり、木造の門をくぐる人ももはや見当たらない。
私が独り蚊を掃いつつ、竹や笹の海に泳ぎ、

松が深く影を落とす所で、武士たちのたましいを弔うのだ。

【自注】

　　這座小城堡位於本市港北區的田園，早已 500 多年以前廢止了。如今所看到的只是殘垣，以及最近市政府復原的「冠木門」。而後者乍看之下類似中國的石華表，但都是用木頭的。像這種門在日本多種門樓建築中是最簡樸的一種。不管城堡或者寺院，這種門在古時候的日本還是常見的。

　　1478 年有一場戰鬥，死了好多將兵，如今也有幾座合葬墳墓，所以，筆者在本篇結句 (第四句) 就有說：「松陰深處弔兵魂。」

42

綱島大綱橋頭初夏雨後宵景 (2021.06.24)
　——綱島大綱橋のたもとで、初夏の雨上がりの宵景色を

風滿胸懷涼可乘，　　○●○○○●◎
綠茵堪坐快堪稱；　　●○○○●●○◎
佳宵屬我歡無上，　　○○●●○○●
唯憾月圓雲萬層！　　○●●○○●◎

（仄起式，平聲蒸韻）

【訓読】

風　胸懷に満ちて　涼　乘ずべし
<small>かぜ　きょうかい　み　　　りょう　じょう</small>

綠茵　坐するに堪え　快　称するに堪う
<small>りょくいん　ざ　　　た　　かい　しょう　　た</small>

佳宵　我に属し　歡　無上
<small>かしょう　われ　ぞく　　かん　むじょう</small>

唯だ憾むらくは　月円かにして雲万層なるを
<small>た　うら　　　　　　　つきまど　　　　　　くもばんそう</small>

【口語訳】

さわやかな風が胸いっぱいに吹いて来て涼しさを味わう。

河原に広がる緑の褥に坐っていると、気持ちよさが身に染みる。

すばらしい宵景色が自分独りのものとなり、

このうえなき喜びに満たされる。

　唯一残念なのは、満月の夜なのに、雲が厚く空を覆っている
　ということだ。

【自注】

　　今天是農曆 5 月 15 日，照理來說，我們能夠看望
快要圓滿的月亮，然而，因為在雨後的天上烏雲依舊密
布，所以我們就無法享受美好的月色，殊為可惜！

43

本市戸塚區舞岡初夏田園 (2021.07.18)
　——横浜市戸塚区舞岡の初夏の田園風景

本港農民已不多，　●●○○●●◎
南郊有地聽秧歌；　○○●●●○◎
螢飛溪上分星海，　○○○●○○●
一切依然山與河！　●●○○○●◎

（仄起式，平聲歌韻）

【訓読】

本港農民（ほんこうのうみん）　已（すで）に多（おお）からざるも
南郊（なんこう）　地（ち）あり　秧歌（おうか）を聴（き）く
蛍（ほたる）　渓上（けいじょう）に飛（と）んで　星海（せいかい）を分（わ）かつ
一切（いっさい）依然（いぜん）たり　山（やま）と河（かわ）と

【口語訳】

わが港ヨコハマではもはや農民は多くないけれども、

街の南方の郊外に出れば、なお田植え歌を聴くことができる。

蛍が渓流のほとりで乱れ飛んで、さながら星の海を区分けしている

かのようである。

ここ舞岡では、山や川の一切が昔に変わらぬたたずまいを
　示している。

【自注】

　　　今天傍晚筆者到這個地方親眼看到一位農民騎隻鐵
牛(拖拉機)回來進入家門，此外，滿目水田在眼前，
半月高懸，而有好幾個流螢遊走於水渠的上面。這是這
個田園地區的真實寫照，沒有人能夠相信大城市橫濱還
有這麼一所充滿著田園氣息的地方。

　　　橫濱市政府很重視這個地方的確有個潛力能夠提供
我們市民一個難得的休閒樂園，不但設置捷運站，也用
心保存世代務農的民眾，以呈現這個城市綠洲。

44

七月二十五日田谷山定泉寺參觀瑜珈洞，主尊為弘法大師
(774-835) 石像 (2021.07.25)

　　——七月二十五日、田谷山 定 泉寺にて 瑜伽洞を参観して。

　　　　御本尊は弘法大師の石像

田間有寺氣將蒸，　　○○●●●○◎

泉湧洞中涼易乘；　　○●●○●●◎

山谷也難長保定，　　○●●○●●●

大師猶在法堪弘！　　●○○●●○◎

　　　　　　　　　　　　　　　　（平起式，平聲蒸韻）

【訓読】

　田間に寺あり　気　将に蒸さんとす
　泉　洞中に湧いて　涼　乗じ易し
　山谷も也た難し　長く定を保つこと
　大師猶お在り　法　弘むるに堪う

【口語訳】

田んぼの真ん中にお寺がある。折しも蒸し暑い盛りのこと。

裏山の洞窟からは泉が湧き、涼しさを味わえる。

山や谷も決して常住不変の姿を保てるわけではないが、

ここ瑜伽洞にはお大師様のお像が奉安され、

そのおみのりはどこまでも伝えられよう。

【自注】

　　　雖然這幾年以來，國家正在這個地方興建一條高速公路，不過，除了它之外，整個田谷地區還是個充滿著田園風光的地方。而這座定泉寺的後山有一個人工洞窟裡面充滿著佛菩薩的浮雕，因為該寺屬於真言宗這個崇拜開祖弘法大師視為準佛的宗派，所以，洞窟的主尊乃是這位無藝不通(包括書法和梵文在內…)的古代高僧。

　　　依筆者來看，這個地方原來有多座小山而谷間乃有民宅和寺院，然而，隨著開發，以前綠油油的小山如今大都變成多座公寓的基地，不但如此，政府好像正在興建一條高速公路而削山填田。那麼，可以說，不，必須要說：連山谷也很可能免不了變遷(＝山谷也難長保定)！

45

八月二日傍晩登山田富士 (2021.08.04)
　——八月二日夕刻、山田富士に登って

雨後烏雲依舊濃，　●●○○○●◎
放眸難望最高峰；　●○○○●●○◎
分身幸在吾鄰鎮，　○○●●○○●
兩穴固無冰與風！　●●●●○○◎

（仄起式，平聲東、冬通韻）

【訓読】

雨後の烏雲　旧に依って濃やかなり
眸を放つも望み難し　最高峰
分身幸いに在り　吾が鄰鎮
両穴　固り無し　氷と風と

【口語訳】

雨が止んでのちも、黒雲は相変わらず漂っている。

目を凝らしてもわが国の最高峰富士山を望むことはできない。

幸いにも隣町にはこの富士山のミニチュア版がある。

氷穴と風穴も設けられてはいるが、ミニチュアなので、
　氷もなければ風も吹いては来ないのだ。

【自注】
　　日本最高峰富士山山腰有所謂的風穴和冰穴都是熔
岩造成的，前者是個四時充滿著冷風，而後者呢，只要
進入裡面，眼前就有萬年不溶解的冰雪。
　　如筆者一再題詠過，這座模型富士山因為是模型，
所以，包括這兩個洞在內的富士山許多特徵也都是很忠
實地模倣出來的。然而，我們所住的地方又不是像富士
山那種高地，所以，這座模型富士山的風穴和冰雪當然
沒有風和冰值得我們參觀。

46

題好友所畫尼彥像 (2021.08.04)
　　——良き友の描いたアマビエ像に題して

勸眾描容走疫神，　　●●○○●●◎
等身長髮蔽銀鱗；　　●○○●●○◎
我邦靈獸雖多種，　　●○○●○○●
最賞斯君德可親！　　●●○○●●◎

（仄起式，平声真韻）

【訓読】

　衆に勧めて容を描き疫神を走らしむ
　等身の長髪　銀鱗を蔽う
　我が邦　霊獣　多種なりと雖も
　最も賞す　斯の君の徳　親しむべきを

【口語訳】

　自己の肖像を描けば疫病神を追い払うことができると人々へ
　　勧告したが、
　その姿は、等身の長髪が下半身の魚の鱗を蔽い隠すほどであった。

わが国には数多くの霊獣がいるけれども、

このアマビエの徳こそはわれわれが親しむべきものだという点が

　とりわけ賞讃に値しよう。

【自注】

　　　這個人面魚身的瑞獸在 1846 年第一次出現的時候，告訴熊本縣海上漁民們說：「只要遇到瘟疫，你們就看我的肖像就可以把大事化小的。」依筆者來看，牠的意思是，「儘量多畫牠的肖像，然後把它流通於整個日本，這樣子，你們才能夠把瘟疫的禍害大幅減少。」

　　　本篇起句(第一句)所謂的「描容」的意思是，「描繪神明的容貌」，例如：清・妙能芳慧法師在其《和徹悟禪師血畫阿彌陀佛詩》這麼一首五言古詩中就有說：「吾心能決志，彼佛必垂光，是故刳身血，描容日供香。」請參閱《淨土承恩集》,《卍新纂大日本續藏經》第 62 冊，頁 467，上。

47

謝一位旅臺好友毎年 8 月 24 日請其岐阜家人送我一大盒
梨子已有年 (2021.08.25)

  ── 台湾在住の良き友が毎年 8 月 24 日になると岐阜の御家
   族に頼んで大きな箱に入った梨をお贈りくださっても
   う幾年になるか

毎歳同辰梨到家， ●●○○○●◎
謝恩佳友誼逾加； ●○○●●○◎
布威天下當年事， ●○○○●○○●
民眾務農培玉華！ ○○●●○○●◎

（仄起式，平聲麻韻）

【訓読】

毎歳（まいさい）　同辰（どうしん）　梨（なし）　家（いえ）に到（いた）る
恩（おん）を佳友（かゆう）に謝（しゃ）す　誼（ぎ）　逾（いよいよ）　加（くわ）わるを
威（い）を天下（てんか）に布（ふ）す　当年（とうねん）の事（こと）
民衆（みんしゅう）　農（のう）に務（つと）めて　玉華（ぎょっか）を培（つちか）う

【口語訳】

毎年同じ日に、梨が家に届きます。

貴君との御縁もいよいよ深まることに感謝致します。

かの織田信長が「天下布武」と唱えたのは昔のことで、

今では、人々はみな農業に勤しんで、

　この美玉のような果物を産み出しているのですね。

【自注】

　　　從 2018 年起，我們家人只要到 8 月 24 日就有幸收到筆者好友 (現居臺灣臺中) 請其日本岐阜縣的親人代理惠送的 8、9 個大梨子 (去年是個例外，因為收穫的日子比往年晚一點。)

　　說到岐阜，我們就想起來「織田信長」(1534-1582) 這麼一位戰國英雄。當年，他把「天下布武」(＝布威天下) 當做口號，一邊建設岐阜市 (為該縣縣治)，　　　一邊進行統一日本的霸業，然而，不幸中道而斃。

　　本篇結句 (第四句) 所謂的「玉華」乃指那些豐碩的梨子。

48

八月二十七日宵刻福音喫茶瑪麗即景 (2021.08.27)
　──八月二十七日夕刻、横浜・福音喫茶メリーの様子

傾耳窻中何所歌？　○●○○○●◎
祈求上帝早驅魔；　○○●●●○◎
茶煙濃處天垂手，　○○○●●○●
六十年來功德多！　●●○○○●◎

（仄起式，平聲歌韻）

【訓読】

耳を　窻中に傾くるに　何の歌う所ぞ
祈求す　上帝の早く魔を駆らんことを
茶煙　濃き処　天　手を垂る
六十年来　功徳多し

【口語訳】

窓の外から店内へ耳を傾けると何か歌っているようだ。

店主もお客も、神がすみやかに疫病を追い払ってくださることを

　　祈り求めている。

茶やコーヒーを煮る煙が濃く漂うこの店へ、天は救いの手を
垂れたもう。
この六十年来、人助けの功徳多大なる喫茶店よ！

【自注】

　　這家橫濱咖啡館由一對旅日華人夫婦創業，因為他
們都是篤信的基督徒，所以，從 1962 年起開始慶祝聖誕，
後來成為一家很特別的咖啡館，主客一心齊唱好多首讚
美詩，也時常舉行許多精采的宗教藝文活動。絕大多數
的客人都是希求 (雖然剛開始還在潛意識下) 宗教信仰，
尤其是，基督教信仰的人士。

　　不但如此，因為該店位於一個離風化地區不太遠的
地方，所以，有時候一些犯罪人躲身的路上路過該店，
無意間聽到店主的講道，結果，心生慚愧，在店主陪同
之下到警察局自首或者到案已經有三個人。既然如此，
可以說：跟一般教堂比起來，這家咖啡館的佈道成果毫
無遜色！

49

阿美寮，出於《挪威的森林》，為精神科療養院

(2021.09.01)

  ——『ノルウェイの森』に登場する精神科サナトリウム
    阿美寮のこと

縮夏延冬雪特深， ●●○○●●◎
能移挪國大森林； ○○○●●○◎
誼雖醫病情朋友， ●○○○●○●
山上桃源昔叵尋！ ○●○○●●◎

（仄起式，平聲侵韻）

【訓読】

 夏を縮め冬を延べて　雪特に深し
 能く移す　挪国の大森林
 誼は医病と雖も　情は朋友
 山上の桃源　昔　尋ね叵し

【口語訳】

夏は短くて冬は長く、雪がとりわけ深く降り積もる。

このサナトリウムの周囲は、まるでノルウェイの大森林だ。

「医療者と患者」という関係性も、ここでは友人さながらだった
　というが、

そんな理想的な精神科施設は、この小説の舞台とされた 1960 年代
　後期にはなかなか容易には見つからなかったはず。

【自注】

　　眾所周知，《挪威的森林》裡面有一所精神療養院
出現，它叫「阿美寮」，位於京都市北郊山區。在該院
裡面，醫護人員和病人之間的關係根本不像其他任何一
所精神科醫院那樣子身分固定，卻像朋友一樣，不少病
友們把自己的才藝 (外國語文、鋼琴等) 傳授給醫護人
員。

　　依筆者的調查，在 1969 年，即是《挪威的森林》
當作舞臺的那個年代，日本根本沒有這麼民主且開放
的精神科療養院，幾乎都是類同監獄的人間地獄。直到
1980 年代中期，即是村上老師正在撰寫這部大作的時
候才有剛成立的兩三家療養院開始採取像「阿美寮」那
種很民主的管理制度。

　　值得一提是，村上老師在作中讓主角渡邊說：「我
針對這個名字花了 5、6 分鐘的時間，顧名思義一下。
然後，認為這應該是從法文 'ami'(朋友) 取來的。」

本篇結句（第四句）所謂的「桃源」乃指所謂的「武陵桃源」。眾所周知，陶潛撰《桃花源記》所寫的這所樂園後來沒有人能夠進入了，可見作者原來把它視為一個烏托邦。反觀村上老師，把「阿美寮」的細節描寫得很詳細，這代表他一定會參照上述那些1980年代以後才有的民主醫院的參考文獻。

而這些文獻中，當過《朝日新聞》記者的大熊一夫先生所寫的幾本報導文學作品應該都在他的桌子上吧。這位大熊先生生於1937年，從1970年起，他假裝酗酒病人到幾家精神科醫院住了一段時間，報導出來院方給病人的許多不人性待遇。

此外，大熊先生從1980年代初期起又報導幾位懷有理想的精神科醫生創辦像「阿美寮」那種民主開放的療養院，然而，時運不濟，最後只好中絕，甚至於有些院長因為抗不了財務壓力而自殺身亡，可見營運新式療養院多麼困難。

50

憶謝圓光佛學研究所庇護大恩 (2021.09.04)
　——圓光仏学研究所による御庇護の数々に深く感謝して

今生有福坐慈航，　　○○●●●○◎
積歳安居返故郷；　　●●○○●●◎
猶念月眉臨福慧，　　○●●○○●●
誰教我骨仰圓光！　　○○●●●○◎

（平起式，平聲陽韻）

【訓読】
今生　福あり　慈航に坐す
積歳安居して故郷に返る
猶お念う　月眉の福慧に臨むを
誰か我が骨をして圓光を仰がしめん

【口語訳】

今生は幸いにも、月眉山圓光寺にお世話になり、
　まるで大船に乗ったような日々を過ごさせて頂いた。
かくて長年にわたり平穏に過ごしてのち、故郷へと帰ったのである。

その山号さながらに美しい三日月が福慧塔（納骨堂）を照らし出す
　ありさまが、故郷に落ち着いた今も目に浮かぶ。
願わくはどなたか私亡きあと、その分骨を福慧塔に納め、
　わが魂がいつまでも円かな月の光を仰げるようにしては
　くださらないか？

【自注】

　　　臺灣桃園市中壢區有一座名藍叫「月眉山圓光寺」
附設一家歷史悠久的佛學院叫「圓光佛學研究所」，筆
者三生有幸，從 2003 年 10 月起到 2004 年 6 月之間住
在該研究所的宿舍順利寫好自己提出給早稻田大學的博
士論文。

　　　後來，從 2011 年 9 月起筆者再一次住在跟上一次
一樣的宿舍，之所以如此，是因為筆者那一年 1 月遇到
前任學校無情的裁員，沒錢也沒理由繼續住在臺南。於
是，上一次住居期間全面庇護筆者的教務長性一法師(為
日本東北大學文學博士，主修印度佛教哲學)又伸出來
愛手，允許重住上述那個宿舍，不必多說，膳宿都不用
錢！

　　　筆者住到 2017 年 9 月，然後，回國定居了。在那
段足足 6 年的期間，又幸蒙多位師長和信眾的愛護，不
知道這麼龐大的福報到底從哪裡累積過來呢？

「月眉」原來意味著「婦女們狀如初月的秀眉」，例如：南宋・周必大(1126-1204)《朝中措》裡面有這麼一個詞句「月眉新畫露珠圓，今夕正相鮮。」但這裡乃指纖月。圓光寺也有一座靈骨塔叫「福慧塔」。雖然哪一種月亮照它也都美好，不過，依筆者來看，纖月照它美得勝過於滿月。

而筆者的心願是，自己百歲之後有人好心把筆者的骨灰拿走到這座「福慧塔」，能夠讓筆者的靈魂跟當年對自己很好的師長們長相左右，一起仰望佛菩薩背後的圓光！

51

1985年晩秋初遊東京青山地區，如今快要滿36年

(2021.10.03)

——1985年晩秋、初めて都内青山地区に遊び、今や36周年

青山一望墓三千，　　○○●●●○◎
城裡北邙多古賢；　　○●●○○●◎
年少常遊何所作？　　○●○○○●●
手抄金石到昏天！　　●○○●●○◎

（平起式，平聲先韻）

【訓読】

せいざんいちぼう　　はかさんぜん
青山一望　墓三千
じょうり　　ほくぼう　　こけんおお
城裡の北邙　古賢多し
ねんしょうつね　あそ　　　なん　な　ところ
年少常に遊ぶに　何の作す所ぞ
て　　　きんせき　しょう　　こんてん　いた
手ずから金石を抄し　昏天に致らん

【口語訳】

ここ青山霊園は、見渡す限りお墓の海である。

ほくぼうざん
洛陽を代表する墓地・北邙山は城外にあるが、同じく都市を

代表する墓地である

ここ青山霊園は城中にあり、そして、往古の知名人がここに
　眠っている。

若かりし日、私はここでよく何をしていただろうか？

墓碑の上の漢文の碑文を写し取っては、没頭して夕刻を
　迎えていたものだ。

【自注】

　　「青山靈園」的四周都是高樓大廈，也有車水馬龍，所以亮得沒有任何陰森可怕的氣氛。而以「大久保利通」(1830-1878) 為首的我國明治維新時期政軍聞人的墳墓幾乎都在這裡，而他們的神道碑都使用流利的中文文言。

　　記得 1988 年筆者大二上中文系以後，就不務正業，常入這裡手抄那些碑文，而有時候，警察來問筆者到底作什麼。於是，筆者就在他的面前朗讀了自己剛剛所寫的碑文。

　　本篇承句 (第二句) 所謂的「北邙」乃是洛陽郊外的著名墓地，多位王侯公卿都埋葬於這個地方。

52

不入黄檗山將垂兩年 (2021.10.11)
　　──黄檗山へ既に二年も行っておらず

難入檗峰垂兩年，　　○●●○○●◎
不疑堂閣美依然；　　●○○●●○◎
山河相隔三千里，　　○○○●○○●
何日重瞻額與聯！　　○●○○●●◎

（仄起式，平聲先韻）

【訓読】

檗峰に入り難きこと　両年に垂んとす
疑わず　堂閣の美　依然たることを
山河相隔つ　三千里
何れの日か重ねて瞻ん　額と聯と

【口語訳】

既に二年近くも黄檗山へは参詣できずにいる。

堂塔伽藍は、相変わらず美しいことであろう。

黄檗山とは山河三千里を隔てている。

いつになれば山内の随所を飾る額や聯を眺めることが
できるのだろうか？

【自注】

　　筆者最近一次去黃檗山的已經是前年(2019年)10
月月底，還有兩個禮拜就滿兩周年了。相信五雲峰下一
切依舊，部份堂閣由於經過修繕而多加美觀。而今年有
緣跟鈴木洋保(士龍)老師一起撰寫一本書專門解說黃
檗山中隨處所掛的聯額到底表明什麼樣的禪機。

53

虚歳 54 歳生日在即，賦感 (2021.10.17)
　　——数え 54 歳の誕生日を間近に控えて

此生多礙志難成，　●○○●●○◎
無奈五旬榮叵贏；　●●○○○●◎
停步舉顏何所見？　○●●○○●●
雲開月出照前程！　○○●●●○◎

(平起式，平聲庚韻)

【訓読】

此の生　礙多くして　志　成し難し
奈んともするなし　五旬にして栄　贏ち叵きを
歩みを停め顔を挙げて　何の見る所ぞ
雲開き月出でて　前程を照らさん

【口語訳】

思えばいろいろさまたげの多かった人生であり、

なかなか志を成し遂げることもかなわなかった。

五十歳を過ぎて晴れがましいことにもなかなか出くわせぬのは、

いかんともしがたい。

ふと歩みを停めて顔を挙げて天を眺めたところ、

雲間から月が出て、わが前途を照らし出しているではないか。

【自注】

　　　這是今天傍晩的實景，雨雲漸開，美麗的月亮就現身出來了。

54

回望臺灣寓居時代，有所深省 (2021.10.19)
　　——台湾寓居時代を思い返して深く反省する所あり

無意埋灰臺北城，　　○●○○○●◎
缺誠焉得好謀生；　　●○○○●●○◎
如今西望懷何感？　　○○○○●○○●
深謝當年多善朋！　　○●●○○●◎

(仄起式，平聲庚、蒸通韻)

【訓読】
　意として灰を埋むる無し　台北城
　誠を欠けば焉ぞ得ん　好謀生
　如今　西望　何の感をか懐く
　深謝す　当年　善朋多きを

【口語訳】
　思えば自分は台北に骨をうずめようなどとは思わなかった。
　そうした誠意を欠いていて、どうして良き暮らしが立てられよう。
　いま西の空のかなた台湾を望んで、どういう気持ちになるか？

かつて台湾に住まった日々、自分はなんと良き友に恵まれていた
ことか！と。

【自注】

　　雖然筆者曾經相信自己的專門研究能夠讓自己繼續留在
臺灣，不過，畢竟緣份不夠，最後還是免不了緣盡離開這個
第二故鄉的命運。而從現在來看，自己‘身亡埋骨臺灣也不
後悔’的熱衷還是不夠多的，那麼，這種人最後只好回國才
是吧。

　　反正自己寓居臺灣長達 15 年之久 (包括從 2004 年 11
月月底到 2005 年 8 月月初的回國期間在內，這段期間要回
國接受博士論文口試)，總是有一群良師好友們不離不棄地
庇護筆者，這些美好的回憶和難報的恩義看來在筆者這一輩
子是個最大的寶物，不管筆者以後的餘生如何，銘記五內。
如果這一輩子難以回報的話，必須要到下一輩子繼續回報才
是，這樣子，筆者在佛菩薩們的眼裡才能夠免得譴責。

55

題中島敦著《我的西遊記》(2021.10.24)
　　——中島敦版『西遊記』に題して

夙向塵寰憐眾生，　　●●○○○○●◎
西求八萬四千經；　　○○●●●○◎
法師文弱沙難度，　　●○○○●○○●
幸有三徒護壯程！　　●●○○●●◎

（仄起式，平聲庚、青通韻）

【訓読】

<ruby>夙<rt>つと</rt></ruby>に<ruby>塵寰<rt>じんかん</rt></ruby>に<ruby>向<rt>む</rt></ruby>かって　<ruby>衆生<rt>しゅじょう</rt></ruby>を<ruby>憐<rt>あわ</rt></ruby>れむ

<ruby>西<rt>にし</rt></ruby>のかた<ruby>求<rt>もと</rt></ruby>む　<ruby>八萬四千経<rt>はちまんしせんきょう</rt></ruby>

<ruby>法師文弱<rt>ほうしぶんじゃく</rt></ruby>にして　<ruby>沙<rt>すな</rt></ruby>　<ruby>度<rt>わた</rt></ruby>り<ruby>難<rt>がた</rt></ruby>きも

<ruby>幸<rt>さいわ</rt></ruby>いに<ruby>三徒<rt>さんと</rt></ruby>あり　<ruby>壯程<rt>そうてい</rt></ruby>を<ruby>護<rt>まも</rt></ruby>る

【口語訳】

　原版『西遊記』の中の玄奘三蔵は娑婆苦にあえぐ衆生を救おうと

西のかなたのインドへ向けて仏典を求める旅に出られた。

ところが中島敦版の『西遊記』（特に「<ruby>悟浄歎異<rt>ごじょうたんに</rt></ruby>」）では、

玄奘は砂漠を横切る旅など到底不可能な文弱の徒として
描かれている。
幸いにも孫悟空・猪八戒・沙悟浄の三人の弟子が、
その壮大な旅路を守護してくれるのだ。

【自注】

　　　當包括「中島敦」老師（1909-1942）在內的我國
近代大文學家們把《西遊記》改寫自己作品的時候 (例：
中島老師的《悟淨歎異》)，總是把唐三藏描寫成一個「弱
不勝衣的文弱青年」。

　　　結果，到了 1978 年，有一家電視臺製作第一部《西
遊記》電視戲的時候，導演聘請了英年早逝的「夏目雅
子」小姐（1957-1985）飾唐三藏。結果，視聽率高得很，
史無前例。因此，後來的電視戲也靠著這個成功例子，
一直聘請美麗女星，例如：宮澤理惠小姐、深津繪里小
姐等。

　　　本篇前半兩句描寫作為實在人物的玄奘大師，眾所
周知，他年幼就有個誓願能夠用正確的佛教教義，去濟
度眾生。他那時候還沒到可以出家的年齡，但負責僧侶
出家的隋朝大理卿鄭善果聽到他這麼一個大志，特地允
許他早一點出家。

　　　而後面兩句描寫作為故事人物的唐三藏，即是上述

那種「弱不勝衣的文弱青年」，沒有三位徒弟們，尤其是，孫悟空及時挽救的話，就會容易不幸喪生的。

56

祝三浦綾子老師病中授意編織之布帘，際其百歳冥誕，能多出現 (2021.10.31)
　── 三浦綾子先生が病臥中に製作させたのれんが、その
　　　生誕 100 周年に際し、一層出現しますように

創意如泉在病床，　●●○○●●◎
暫忘辛苦入天堂；　●○○●●○◎
幸蒙親友爭相助，　●○○●●○●
北海風光傳萬方！　●●○○○●◎

（仄起式，平聲陽韻）

【訓読】
創意　泉の如く　病床に在り
暫く辛苦を忘れて天堂に入る
幸いに親友の争って相助くるを蒙り
北海の風光　万方に伝う

【口語訳】
三浦先生の創意工夫はさながら泉のように、病床にあっても脳裏

から湧き出て、

のれんについて考えている時だけは、

病苦を忘れて天にも昇る楽しさを覚えていらした。

親族や友人らからのサポートも幸いにして得られ、

北海道の情景を伝える素敵なのれんが各地へと伝えられたのである。

【自注】

　　著名基督徒作家三浦綾子老師從 1946 年起到 1959 年之間患了嚴重的結核，被絆住在病床。再者有一段時間，她幾乎沒有任何一種固定收入，連郵票也難以購買。不過，大約 1955 年左右，有一天，二哥嫂寄送給她一張精緻可愛的布帘，不但給她慰藉，也讓她懷有一顆念頭主動請求周遭的親友們幫自己按照其所設計的圖案，去編織多種充滿著北海道特色的布帘。

　　所幸，有位令弟很積極贊助她的計畫，主動跟其朋友借了不小金額的錢，而在製作方面，三位手指很靈活的女性朋友贊助三浦老師。於是，她很順利地把其夢想付諸實行了。因為媒體給她的團體正面報導，北海道內多家百貨公司也給她青睞，結果，以後的她很順利地自力賺到自己的療養費用。

　　不必多說，這個成功的事業給她帶來很大的自信心，只要思考布帘圖案的時候，平常被病苦煎熬的她就立即

恢復精神，想出來許多精采的圖案。遺憾的是，三浦綾子紀念文學館目前所典藏的布帘好像還是有限的。那麼，筆者不得不希望多位相關人士以後多加注意三浦老師這個另外一種藝術作品，有所表彰。這樣子的話，一定會給許多殘障人士帶來許多勇氣和光明，自然得到更多的讀者，不是嗎？

關於她這麼一段奇妙的創業歷程，請參閱《我知道如何去愛：明天開始要這樣的活》這麼一本隨筆(日文原題：明日のあなたへ―愛するとは許すこと，東京：主婦と(＝與)生活社，1993年)，頁107和232。

57

深謝老父 10 月 23 日病房寫字，為我慶生 (2021.11.10)
　　——父が 10 月 23 日に病室で揮毫し、わが誕生日を祝って
　　　くれたことに深く感謝して

今生與父意難通，　　○○●●●○◎
抱憾空迎命欲終；　　●●○○●●◎
室外忽傳封面字，　　●●●○○●●
兩行容我勝天空！　　●○○●●○◎

（仄起式，平聲東韻）

【訓読】
　今生　父と　意　通じ難し
　憾みを抱いて空しく迎う　命終わらんと欲するを
　室外　忽ち伝う　封面の字
　両行　我を容るること　天空にも勝れり

【口語訳】

　思えば父とは日頃なかなか意思の疎通が図れなかった。

　そういう憾みを胸に、近づく父との別れに直面していた。

すると病室の外から、看護師さん（男性）の手を経て父の
メッセージが伝えられた。

私の誕生日を祝う2行の筆跡は、
不出来な息子を空よりも広い心で受け容れてくれるものだった。

【自注】

　　　因為瘟疫還沒平息，所以，日本幾乎所有的醫院對
家人探訪基本上依舊不開放，家屬必須要通過醫護人員
而跟病房中的住院家人溝通。

　　　家父從10月20日起到「葉山心臟病中心」(日語
原名：葉山ハートセンター)直到11月5日因病情惡
化而被轉搬到橫濱的「警友醫院」。而他還在前者的10
月23日，即是筆者滿53歲的生日，筆者去這家位於海
邊勝區的醫院的時候，家父把一些重要文件放在信封之
後，請求一位男性護理師轉交給醫院一樓客廳等候的筆
者這個不肖兒子。

　　　結果，筆者就發現在那張信封上有這麼兩句家父流
利的筆蹟：「Hiroyuki (博之) /Happy Birthday (生日快樂)」

58

黃檗山有聲軒 (2021.12.23)
　　——黃檗山の有声軒 (煎茶道総本部)

傾耳松風吹竹林，　　○●○○○●◎
宛如天女永彈琴；　　●○○○●●○◎
迎春更見梅爭發，　　○○○●●○○●
三友繞山傳古心！　　○●●○○●◎

(仄起式，平聲侵韻)

【訓読】
耳を傾く　松風の竹林を吹くに
宛ら天女の永く琴を弾ずるが如し
迎春　更に見る　梅争って発するを
三友　山を繞って古心を伝う

【口語訳】

ここ有声軒の前で耳を傾けていると、松の間を吹き抜ける風が

　　今度は竹林へと進んでゆくのが聞こえて来る。

さながら天女が絶え間なく琴を弾いているかのように感じられる。

ここでは春を迎えるとさらに梅の花が争って咲き乱れる。

松 竹梅のいわゆる歳寒三友が山全体を囲んで、
<ruby>松<rt>しょうちくばい</rt></ruby>

煎茶道に込められた古人の心を世に伝えてゆくのだ。

【自注】

　　　所謂的「煎茶道」跟日本 16 世紀已有的「茶道」
之間乍看之下沒有太大的不一樣，都是以‘茶禪一味’
為宗旨，通過茶儀而達觀人世的一切。因為前者使用煎
茶，後者使用抹茶，所以，所用的茶器其實有不少的不同。

　　　把煎茶帶來到日本是隱元隆琦禪師 (1592-1673) 弘
揚禪法以外的文化貢獻之尤者。但是，總體地看，他所
帶來的相關文物和儀禮首先只是都留在黃檗山上和其為
數有限的派下寺院裡面而已。

　　　直到月海元昭禪師 (1675-1763，所謂的‘賣茶翁’)
以半僧半俗之姿，去弘揚它之後，世人才知道煎茶相關
文化 (即是後來的煎茶道) 跟日本已有的 (抹) 茶道比
起來毫無孫色，值得弘揚下去。於是，他的高徒聞中淨
復禪師 (1739-1829) 繼承月海禪師的茶儀和它所根據的
精神，而聞中禪師把它們傳授給其白衣弟子「田中鶴翁」
(1782-1848)，後來分開為幾個流派，但主要流派都把黃
檗山視為祖庭，每年舉行一些懷恩活動。

　　　黃檗山向來有多棵松樹，因為開山隱元禪師一生酷

愛它，此外，竹林和梅林也圍繞山外，所謂的'歲寒三友'一起莊嚴著聖山，殊為可賞！關於這個'歲寒三友'，明•無名氏《漁樵閑話》第四折的相關原文為：「到深秋之後，百花皆謝，惟有松、竹、梅花，<u>歲寒三友</u>。」

59

日本黄檗山萬福寺開山祖師隱元禪師 350 年遠諱賦奠

(2021.12.31)

　　——黄檗山萬福寺御開山・隠元禅師の 350 年大遠諱に
　　際して

松隱堂中德可親，　　○●○○●●◎
遺芳三百五旬春；　　○○○●●○◎
滿山聯額將相映，　　●○○●●○●
懷念鴻恩在此辰！　　○●○○●●◎

(仄起式，平聲真韻)

【訓読】

　松隱堂中　德　親しむべし
　　しょういんどうちゅう　とく　した

　遺芳　三百五旬春
　　いほう　さんびゃくごじゅんしゅん

　満山の聯額　将に相映ぜんとす
　　まんざん　れんがく　まさ　あいえい

　鴻恩を懐念するは　此の辰に在り
　　こうおん　かいねん　こ　しん　あ

【口語訳】

　松隱堂に参詣すれば、隠元さまの御高徳に今も接することができる。

芳しき名を伝えて、ここに三百五十年。

山内のあちこちに掲げられた聯や額が、互いに照らし合い

禅師の御恩を念ずべき時節が、今まさに到来しつつある。

【自注】

　　依筆者來看，雖然日本黃檗山中有好幾座美麗的佛堂和好幾尊莊嚴的佛像，不過，好幾雙對聯和好幾枚匾額都是難得的文字說法，很直截地給我們許多啟發。而筆者有福在智誠師父和鈴木洋保（士龍）老師這兩位長輩親切輔導之下參與撰寫《黃檗山聯額集》的任務，殊為可謝！

60

紀念加清純子小姐 (1933-1952) 逝世 70 周年 (2022.01.02)
　──加清 純 子さん歿後 70 周年を記念して

蛇足難加名久傳，　　○●○○○●◎
能迷學子與鄉賢；　　○○●●●○◎
阿寒湖上誰追跡？　　○○○●●○○●
魂斷清冰純雪間！　　○●○○○●◎

（仄起式，平聲刪、先通韻）

【訓読】
　蛇足　加え難く　名　久しく伝う
　能く迷わす　学子と郷賢と
　阿寒湖上　誰か跡を追う
　魂は断つ　清氷と純雪との間に

【口語訳】
　完成された美を誇るその絵画作品へはこのうえ蛇足を
　　加えようもなく、
　　その名は久しく世に伝えられて来た。

その才色に、同級生だった若き日の渡辺淳一氏も、

　新聞記者ら札幌の知識人も惹かれていったのだった。

深い雪に閉ざされた厳冬の阿寒湖のほとりで

　誰が死出の旅に出た彼女を探せようか。

かくて翌春までその亡骸は清らかな氷雪に包まれていたのだった。

【自注】

　　　這位富有才華的女生出生於北海道札幌市的書香世家，從小發表多張畫，被視為北海道當地新進藝術家之一。早熟的她就讀札幌南高中這家代表札幌的公立明星高中的期間，跟多位男生交往，包括後來的名作家「渡邊淳一」博士 (1933-2014) 在內。

　　　1952 年 1 月 23 日，她告訴那時候所住的旅館工作人員有心要去看阿寒湖雪中風景，之後一直沒回宿舍，直到冰雪都退下的 4 月 14 日，她的遺體才被警方發現。相傳她的遺體毫無腐爛，卻有一副比生前還美麗的面貌。

　　　本篇起句 (第一句) 所謂的「蛇足難加」意味著「因為她的繪畫作品實在都是太美好的，所以，根本不需要由任何人添加多餘的筆。」

61

紀念加清純子小姐逝世 70 周年與渡邊淳一著《魂斷阿寒湖》完成 50 周年 (2022.01.11)
　　—— 加清純子さん歿後 70 周年と渡辺淳一著『阿寒に果つ』
　　　完成 50 周年とを記念して

封身冰雪別人間，　　○○○●●○◎
仙子流芳七十年；　　○●○○●●◎
分有清純名與姓　　　○●○○●●
更加才筆照湖邊！　　●○○●●○◎

（平起式，平聲刪、先通韻）

【訓読】
　　　み　ひょうせつ　ふう　　じんかん　わか
　　身を氷雪に封じて　人間に別る
　　せんし　りゅうほう　ななじゅうねん
　　仙子　流芳　七十年
　　せいじゅん　ぶんゆう　　な　せい
　　清純を分有す　名と姓と
　　さら　くわ　さいひつ　こへん　て
　　更に加う　才筆の湖辺を照らすを

【口語訳】

　　その身を深い氷雪の中に封じ込めてこの世に別れを告げた

加清純子さん。

夭折した才女としてその名を今に伝えて七十年。

苗字と名前とで「清純」という言葉を分かち持っている彼女。

作家・渡辺淳一の名作も相俟って、不滅の光芒を放ち続ける

　ことだろう。

【自注】

　　　本篇轉句(第三句)的意思是，因為她姓「加清」，
　名「純子」, 所以, 可以說:她整個姓名一起分有「清純」,
　不是嗎？

　　　結句(第四句)所謂的「才筆」乃指《魂斷阿寒湖》
　這麼一本渡邊淳一博士代表作品之一。如上述，渡邊博
　士乃是加清小姐在札幌南高中的同班同學，雖然這兩位
　藝術家之間有股濃厚的感情，不過，早熟的加清小姐同
　時交往幾位男友(大都為在札幌擁有一席之地的知識份
　子)。但那時候的渡邊博士因為還不懂男女感情之為何
　物，所以，心甘情願地被她翻弄。

62

深謝多位師友年來關懷 (2022.01.11)
　　——多くの師友諸氏からの多年来の御関愛に深く感謝して

休道人縁不太佳，　　○●○○●●◎
勿忘師友大關懷；　　●○○○●●○◎
此生多得猶償失，　　●○○○●●○○
何啻家山骨可埋！　　○●○○●●◎

(仄起式，平聲佳韻)

【訓読】
道うを休めよ　人縁　太しくは佳ならずと
忘るる勿れ　師友の大関懐
此の生　多得　猶お失を償う
何ぞ啻だに家山のみ　骨　埋むべきならんや

【口語訳】

自分は御縁に恵まれなかったなどと言ってはいけない。

自分に注がれた師友諸氏からの御関愛を忘れてはいけない。

思えばこの人生は得たものが失ったものよりも多かった。

郷里ばかりが骨をうずめる地とは限るまい。

【自注】

　　筆者要懷著十分的感恩心，向所有的師友們說：綜
觀自己這半個世紀以來的奮鬥，得 ‘猶’ 償失，雖然做
事時所付出的功夫太多，而得到的成果也並不算少！此
外，雖然筆者在父母有生之年無心再試遠遊，但是，直
到老父母都離開人世之後很可能熟看因緣，然後說不定
遠走到以西部日本為主的外地，投入自己這輩子必須要
投入的學術任務。

63

年初言志 (2022.01.13)
　　——年の初めに志を語る

天活迂愚半百秋，　　○●○○●●◎
身雖初老志難休；　　○○○●●●○◎
唯求所學能傾盡，　　○○●●●○○●
不憾殘年乏壯遊！　　●●○○●●◎

(仄起式，平聲尤韻)

【訓読】
天　迂愚を活かす　半百秋
身　初老と雖も　志　休み難し
唯だ求む　所学　能く傾尽し
憾みず　残年　壮遊に乏しきを

【口語訳】

天はなお私のような迂愚の徒を五十年にもわたり活かして
　くださっている。

すでにこの身は初老の年齢に入ったが、胸に湧き起こる志はなお

やみがたい。

願わくは自己の学んだ知識を世の中のために傾け尽くしたいものだ。

残された人生、大旅行の経験に乏しくとも憾むまい。

【自注】

　　家父衰老，健康大不如前，家母雖然時常到醫院，用心照顧家父，但正因為如此，身體動不動就欠佳。筆者身為他們的長子，再加上聰明無比的舍妹目前為了自己的工作而每天忙碌，那麼，筆者必須要自戒遠遊，好好協助家母，跟她一起祝願家父早日回家才是吧。

64

本市港南區本郷臺地球廣場參觀星野道夫老師 (1952-1996) 攝影特展 (2022.01.13)
　　—— 横浜市港南区本郷台アースプラザにて開催された
　　　星野道夫さんの遺作展にて

攝影何憂道叵尋　　●●○○○●●◎
追熊原野與深林；　○○○●●●○◎
良夫為父歡猶小，　○○○●●○●●
蒙召星間留愛心！　○●○○○●◎

（仄起式，平聲侵韻）

【訓読】
撮影(さつえい)　何(なん)ぞ憂(うれ)えん　道(みち)　尋(たず)ね叵(がた)きを
熊(くま)を追(お)う　原野(げんや)と深林(しんりん)と
良夫(りょうふ)　父(ちち)と為(な)るも　歡猶(かんな)お小(しょう)なり
召(しょう)を星間(せいかん)に蒙(こうむ)って　愛心(あいしん)を留(とど)む

【口語訳】
道なき道をたどって写真を撮ることに慣れた星野さん。

アラスカの原野や深い森の中にヒグマの足取りを追っていた。

せっかく人の子の父となりながら、まもなく訪れた死のために

その喜びはごく短い期間に終わってしまった。

きらめく星の間を抜けて天に召され、

地上にはアラスカの大自然への愛に満ちた数々の写真が

遺されたのだった。

【自注】

　　雖然世上有多位攝影家，但是，最熟悉棕熊這個猛獸的生態的一位應該是這位生前長居阿拉斯加的日本攝影家吧。然而，他之所以1996年8月在俄羅斯堪察加半島被棕熊襲擊致命，是因為俄羅斯當地人多年給牠們那麼可怕的猛獸時常餵食了已多年，結果，牠們不但不怕人類，甚至於靠近干擾一些野營中的人，而星野老師和其他拍攝工作人員在其毫無知悉這些可怕的狀況之下從日本過來進行拍攝，導致了老師不幸喪生，

　　那一年，他的愛子還不到3歲，所以，筆者在本篇轉句(第三句)就有說：「良夫為父歡猶小」，意思是，這麼一位信主愛妻的好夫婿能夠享受身為人父的快樂還不夠。

　　結句(第四句)所謂的「愛心」乃指他所拍的好多張照片，它們都很忠實地記錄著阿拉斯加的大自然。

65

大塚環濠聚落懷古 (2022.01.29)
　——大塚環濠集落にて往古を偲んで

草舍井然濠頗深，　　●●●○○●◎
當年禦敵跡堪尋；　　○○●●●○◎
結繩傳意無文字，　　●○○●●○○●
喜怒哀歡通古今！　　●●○○○●◎

（仄起式，平聲侵韻）

【訓読】

　草舍　井然として　濠頗る深し
　当年禦敵　跡　尋ぬるに堪う
　結縄もて意を伝え　文字なし
　喜怒哀歓　古今に通ず

【口語訳】

　粗末な古代人の住居が整然と立ち並び、村を守る環濠は

　　あくまでも深い。

　かつて敵から自己の集落を守った跡は、今も見ることができる。

古代は文字がなく、いわゆる結縄（けつじょう）によってさまざまな意思疎通が
　図られた。

それでも人の世の喜怒哀楽は、現在と比して何ら違いはなかった
　ことであろう。

【自注】

　　　横濱市立歴史博物館的旁邊有一所大公園，除了一
座江戶時代的地主老厝提供給民眾參觀之外，還有一個
很細膩地復原的古代聚落裡面有 7 棟房子和一棟倉庫。
整個聚落的外圍都被一條護城河般的濠圍繞著，而濠中
無水，所以，跟一般的護城河有所不同。雖然如此，那
條濠深度十足，那麼，只要裡面的居民同心戮力的話，
還可以趕走外敵吧。

　　　本篇轉句所謂的「結繩」乃指古代以繩作結為記事
的方法，那個時代的人民之所以如此做，是因為在許多
古代社會大概都沒有文字。在這一點，日本的古代社會
也不例外。而筆者一直認為不管在哪一個時代，尤其是，
在許多方面比現代社會更單純的太古社會，人民的喜怒
哀樂還是跟現在沒有兩樣。

66

二月八日下午陪母參觀摩西奶奶畫展於世田谷美術館

(2022.02.08)

——二月八日午後、母とともに世田谷美術館でグランマ・モーゼス展を参観して

指頭生痛繡難為，　●○○●●○◎
移志丹青立口碑；　○●○○●●◎
人瑞猶揮天賜筆，　○●○○○●●
竊祈吾母學斯師！　●○○●●○◎

(平起式，平聲支韻)

【訓読】

指頭 痛を生じて 繡 為し難く
志 を丹青に移して 口碑を立つ
人瑞 猶お揮う 天賜の筆
竊かに祈る 吾が母の斯の師に学ぶを

【口語訳】

グランマ・モーゼスは 70 歳を過ぎてから指の痛みのため刺繍が

できなくなり、

絵画に転向していろいろ描いているうちに、いつしか評判となった。

100歳になってもなお、天が賜った筆を執り続けていた。

わが母がこの人物に倣って一層絵に精進しますように！

【自注】

摩西奶奶（Grandma Moses，1860-1961）是一位美國女畫家，雖然沒有接受過正式的美術教育，但她從70多歲開始的以油彩為主的畫作每一張都贏得民眾的喜愛，出生於美國北部農家的她本名安娜‧瑪麗‧羅伯森‧摩西（Anna Mary Robertson Moses），讀書讀得並不算多，一直當個再平凡也不過的家庭主婦。

儘管她只要有空就從事刺繡，做出來許多精采的作品，然而，70多歲時就因為關節炎，只好放棄其一輩子所心愛的刺繡，在次女的建議之下開始繪畫。那些畫作幾乎都不例外地是農場或者農村的景色，尤其是，屬於冬季的場面為多。

因為際其滿160歲冥誕，這家美術館請求美日兩國多家美術館借畫，再加上，把自己所典藏的作品展觀出來，舉辦了這次展覽會。很感恩由於家父恢復小康而家母才有心理餘裕能夠去參觀這個盛會，以鼓勵自己也跟摩西奶奶一樣繼續嘗試各種畫作！

67

祝鹽狩站長存 (2022.03.01)
　　──塩狩駅よ、永遠なれ

山中尚未見梅開，	○○●●●○◎
冰厚雪深身可埋；	○●●○○●◎
昔日救人捐命處，	●●●○○●●
若無孤站德難懷！	●○○●●○◎

（平起式，平聲佳、灰通韻）

【訓読】

山中尚お未だ梅の開くを見ず
氷厚く雪深く　身　埋むべし
昔日　救人捐命の処
若し站無くば　徳　懐い難からん

【口語訳】

今自分の塩狩峠ではまだ梅は咲いてはおるまい。

氷雪はどこまでも深く厚く、人の身の丈にまで達していよう。

長野政雄さん（1877 ～ 1909）が尊くも人命救助のためわが身を

犠牲にされた場所で、

もしもこの無人駅すらも無くなってしまうのならば、いったい
　何をよすがに長野さんの御遺徳を偲べばよいのであろうか？

【自注】

　　　這個小小的火車站早已是個無人站，但維持火車站
　還是每年要花一定的金額。於是，經營狀況向來不夠好
　的 JR 北海道鐵路公司一再明言有心廢止該站。不過，
　它的廢止意味著我們失去一個能夠緬懷長野政雄先生當
　年殺身成仁的地方。

68

春日即景 (2022.03.13)
　　——春の日のありさまを

近來風暖月將圓，　●○○○●●○◎
梅謝櫻開任自然；　○●●○●●○◎
一切無常悲與喜，　●●○○○●●
春陽依舊照山川！　○○○●●○◎

(平起式，平聲先韻)

【訓読】
近来　風暖かに　月将に円ならんとす
梅謝し桜開いて　自然に任す
一切無常　悲と喜と
春陽　旧に依って　山川を照らす

【口語訳】

この頃では風暖かに、空に浮かぶ月もいよいよ満ちようとしている。

梅が散り桜が開いて、自然のままである。

喜びも悲しみも無常であり、いつまでも続くものではない。

春の太陽は相変わらず山河を照らしている。

【自注】

　　只要看到「一切無常」這四個字眼，我們動不動就懷有負面印象，殊不知我們只看它的負面，無心看到正面，而筆者所謂的正面乃是悲哀也不會是永遠繼續的！

69

茅ヶ崎 (Chigasaki) 古堡三月二十三日即景 (2022.03.23)
　　──茅ヶ崎城の三月二十三日の眺めを

春滿河頭古堡中，　　○●○○●●◎
暖來寒去賴東風；　　●○○○●●○◎
與梅相約明年會，　　●○○●●○○
更喜群櫻色不同！　　●●○○●●◎

(仄起式，平聲東韻)

【訓読】
　春は満つ　河頭の古堡の中
　暖来たって寒去るは　東風に頼る
　梅と相約す　明年の会
　更に喜ぶ　群桜　色同じからざるを

【口語訳】

川のほとりの古城には、春の気配が満ち溢れている。

寒さが退き、暖かさが訪れたのも、吹き来る東風のお陰である。

散りゆく梅とは来年の再会を約束し、

異なる色の桜が城跡にいっぱいになるのは、いよいよ

　　喜ばしいことだ。

【自注】

　　「茅ヶ崎 (Chigasaki)」這個地名所含的‘ヶ’為‘箇’
的俗字。而在日文，凡是「Aヶ B」這種地名意味著「充
滿著 A 的 B」，那麼，我們應該把這個「茅ヶ崎」解釋
為「充滿著茅草的岬角形山坡（＝崎）」。在戰國時代（大
約從 15 世紀後期到 16 世紀後期之間的 1 個世紀）的日
本，這種丘陵地區一直是個建設城堡的最佳候選地。

　　因為儘管這座城堡有河川交通上的方便性，不過，
它的重要性畢竟是不太大的。所以，邁入江戶時代，天
下太平之後（即是，邁入 17 世紀之後），它就被廢止，
再也沒有一座城堡該有的武備設施，卻有竹林密植，吹
過來的風就有一種欲言又止的氣氛。因此，沒有市政府
所設置的多張導覽板的話，就難以發現它的原貌。

　　而現在城堡上有好幾棵櫻樹，每年春天就美得難以
譬喻。當然，除了那些櫻樹之外，也有跟櫻一樣多且美
的梅樹。但是，總體來看，櫻比梅還多種，所以，筆者
在本篇結句（第四句）就有說：「群櫻色不同。」

70

家父快要出院回家 (2022.03.29)
　──父の退院帰宅を間近に控えて

一別家門垂半年,　　●●○○○●◎
如今出院壽難延；　　○○●●●○◎
猶能言語尤堪喜,　　○○○●●○●
珍惜今生父子緣！　　○●○○●●◎

（仄起式，平聲先韻）

【訓読】
一たび家門に別れて半年に垂んとす
如今出院　壽　延べ難し
猶お能く言語するは　尤も喜ぶに堪えたり
珍惜せん　今生の父子の縁

【口語訳】

父が家を出て入院生活に入ってから半年になろうとしている。

今やようやくにして退院するが、もはや寿命を延ばすことは難しい。

それでも父がなおものを言うことができるという点、いかにも

喜ばしい。

今生における父子の縁を大切にしたいものだ。

【自注】

　　雖然家父 3 月 18 日從其住了 4 個月有半的「警友醫院」轉到以復健為宗旨的「新橫濱復健醫院」，但院方竟然婉拒家父住院復健。之所以如此做，是因為他們認為家父的餘命只是剩下幾個月而已，再辛苦復健也卻沒有用！

　　而現在的家父語帶幽默，雖然身體轉況越來越差，不過，還可以講話聊天。那麼，我們一家人必須要好好珍惜自己能夠跟他還在一起的每一天，不是嗎？

71

家父出院，Ｖ字作勢 (2022.04.02)
　──父退院、Ｖサインを示しつつ

手勢向天衰裡雄，　●●●○○○●◎
牀車出院對春風；　○○●●●●○◎
固知頑子非無美，　●○○○●●○○
未見新詩驚日東！　●●○○○●◎

（仄起式，平聲東韻）

【訓読】

手勢（しゅせい）　天（てん）に向かう　衰裡（すいり）の雄（ゆう）
牀車（しょうしゃ）もて出院（しゅついん）し　春風（しゅんぷう）に対（たい）す
固（もとよ）り知る　頑子（がんし）　美（び）なきにしも非（あら）ざるも
未（いま）だ見（み）ず　新詩（しんし）もて　日東（にっとう）を驚（おどろ）かさんことを

【口語訳】

Ｖサインは天に向かい、これはいわば衰えのうちにも雄々しい姿を
　示したもの。
ストレッチャーに載せられたまま退院し、春風を身に受ける。

かたくななわが子にも美点がないわけではないが、
新しい詩でもって日本全体を驚かす姿を、父はまだ
　見られずにいる。

【自注】
　　　本篇承句 (第二句) 所謂的「牀車」意味著「擔架車」。
　　今天上午家父告別其長達 5 個月有半的住院生活，
　躺在擔架車就回家了。雖然醫生宣告他的餘命還有幾個
　月，不過，身為他的家人，不得不祝福奇蹟及時發生，
　也不不得希望至少看到筆者的詩集順利行世驚人！

72

油管拝觀隱元禪師 350 年大遠諱紀念大法會 (2022.04.04)
　　──youtube にて隠元禅師 350 年大遠諱の様子を拝して

松風櫻雨憶當年，　　　○○○●●○◎
遙望聖山如眼前；　　　○●●○○●◎
三百星霜加五十，　　　○●○○○●●
滿門孫子法長傳！　　　●○○○●●○◎

（平起式，平聲先韻）

【訓読】
　松風桜雨　当年を憶う
　　遥かに聖山を望めば　眼前の如し
　三百の星霜　五十を加う
　満門の孫子　法　長に伝わらん

【口語訳】

　松の間を吹き渡る風や降りしきる桜の雨に、隠元禅師御在世の
　　昔を偲ぶ。

　パソコンの画面を通じお山の様子を拝すると、

まるで目の前で儀式が行われているかのようだ。

隠元禅師が世を去られてから星霜350年。

その法を受け継ぐお弟子はたくさんおられ、黄檗禅は長く世に
　伝えられよう。

【自注】

　　隱元禪師的忌辰原來是日本寬文13年(康熙12年,
公元1673年)農曆4月3日,但是,我國早已在明治
5年(1872)12月採用了陽曆,因此,包括佛誕節和各宗
開山祖師的忌辰在內的許多佛教活動也基本上都按照國
曆而舉行已經150年了。

　　很可能因為福建黃檗山(古黃檗)有多棵松樹,所
以,隱元禪師來到日本開創日本黃檗山(新黃檗)以後
也繼續喜愛松樹,不但如此,讓人在山上多種松樹,所
以,只要我們傾聽松上風聲就容易懷念隱元禪師邊賞松
樹邊教導弟子們的風姿。此外,萬福寺的後山也有多棵
櫻樹,每年4月月初左右落花如雨,因此,該寺多位華
僑信眾每年清明節來到華僑公墓掃苔的時候就能夠遇到
這個勝景。

　　在日本傳統佛教,距開山祖師往生每逢50年,就
有一場大法會,而把這種大法會就叫「大遠諱(忌)」。

　　如今整個日本總共有440多座黃檗宗寺院,那麼,

可以說弟子們（主要指各寺現任住持和副住持）不但填滿整個大雄寶殿，也填滿全山，不是嗎？這一次法會只由黃檗山內僧侶舉行，不對外開放。不過，山方已經編輯、上傳了一部頗有精采的 youtube 影片，請參閱 https://www.youtube.com/watch?v=k0CH-SrmnCA

73

老父病榻 (2022.04.05)
　　——病床にある老父

青春養病入深林，　　○○●●●○◎
有術談心獸與禽；　　●●○○●●◎
衰老病牀何所夢？　　○●●○○●●
山中故舊向君尋！　　○○●●●○◎

（平起式，平聲侵韻）

【訓読】

せいしゅん　やまい　やしな　　しんりん　い
青春　病を養って深林に入る
じゅつ　こころ　だん　　けもの　とり
術あり心を談ず　獸と禽と
すいろう　びょうしょう　なん　ゆめ　ところ
衰老の病床　何の夢むる所ぞ
さんちゅう　こきゅう　きみ　む　　たず
山中の故旧　君に向かって尋ねん

【口語訳】

父は青春の日、病気療養のために深い森へと入って行った。

そして、鳥や獣と心を通わすすべを身に着けたのであった。

今や病み衰えた身をベッドに横たえてどんな夢を見ているのか？

山に住まう懐かしい故旧（とも）らが見まいに訪れるありさまを、であろう。

【自注】

　　家父已在 4 月 2 日出院回家了，這幾天以來幾位醫護人員出入我家。而家母白天忙碌於跟他們應對。至於筆者，偶爾幫助家母搬走病房（其實是家父充滿著英文書本的書房）裡面的東西而已，實在很內疚！

　　1964 年 3 月，家父大學畢業，然而，他快要畢業之際就被發現原來有心臟方面的問題 (是由於小時候所患的白喉病而衍生出來的。) 於是，他首先走到本縣西部山區「丹澤山脈」那邊的一家小旅館叫「丹澤之家」，一邊養病，一邊協助那家剛成立不久的旅館的許多工作。他在山上兩年才下山進入社會，開始其職業生涯，也跟交往有年的女友結縭。

　　上述小旅館的創辦人「中村芳男」牧師 (1912-1990，屬於浸禮會) 可算是我國環保運動的開山祖師之一，所以備受其薰陶的家父雖不當個基督徒，不過，這一輩子當個很忠實的環保思想信徒，從來沒玩過高爾夫球，不但如此，總是以敵視的眼光來看待高爾夫球場。

　　家父在好不容易才回來的家裡絕大多數的時間，除了睡覺之外，還是睡覺，偶爾張開眼睛跟家母和筆者說幾句話而已。所以，筆者衷心希望他在其有生之日多加

講話，能夠跟我們談心！

74

雙子池公園 (在本市鶴見區駒形地區)4 月 7 日即景

(2022.04.07)

　── 二ツ池公園の 4 月 7 日のありさまを (横浜市鶴見区
　　駒形にあり)

僅隔一堤雙子池，　　●●●○○●◎
平分春色易為詩；　　○○○●●○◎
日斜風暖無舟艇，　　●○○●●○○
正是櫻花落水時！　　●●○○●●◎

(仄起式，平聲支韻)

【訓読】

　僅かに一堤を隔つ　双子池
　　春色を平分して　詩を為り易し
　日斜めに風暖かにして　舟艇なし
　正に是れ桜花落水の時

【口語訳】

　双子の池の間をわずかに一本の堤が隔てている。

どちらもそれぞれに麗しい春景色に溢れており、容易に詩も
生まれる。

太陽は西に傾き、吹き来る風も暖かに、そこに浮かぶボートはない。
今まさにこのとき、桜が散って水面へ墜ちつつあるのだ。

【自注】

　　這是一所以雙子池塘為中心的公園，因為時處春天，所以，筆者不得不把人們常用的「平分秋色」這麼一則成語稍改為「平分春色」。而這裡的意思乃是，「兩個池塘都有優點，難兄難弟！」

　　原來，中秋的時分(即是農曆8月15日)在秋季三個月當中剛好是秋天平分之處，因此，宋代一些詩詞中總是'秋色'和'明月'被描寫在一起，例如：南宋・李朴(1063-1127)《中秋》詩有這麼一對聯：「平分秋色一輪滿，長伴雲衢千里明。」

　　這兩個雙子池塘之間只有一條長堤平常不容遊客進入，當地一則傳說相傳古時候有一條龍死掉之後，牠的身體就變成這條堤。希望以後有機會跟其他民眾一起進入它，一邊參與淨化活動，一邊懷古！

75

綱島公園觀櫻即景 (2022.04.09)
　──綱島公園で桜を賞して

今日櫻花如瀑流，　　○●○○○●◎
恨無靈術克浮舟；　　●○○●●○◎
落英飛蝶誰分別？　　●○○●○●●
愈願瘟神辭八洲！　　●●○○○●◎

　　　　　　　　　　　　（仄起式，平聲尤韻）

【訓読】
今日　桜花　瀑流の如し
恨むらくは霊術として克く舟を浮かぶるものなし
落英・飛蝶　誰か分別せん
愈願わくは　瘟神の八洲を辞せんことを

【口語訳】

今日は桜の花が瀑布さながらに乱れ飛んでいる。

残念ながら、私はそこへボートを浮かべるすべを持たない。

降りしきる花びらと、飛び行く蝶との見分けがつかぬ。

どうか疫病神には速やかに、ここ大八洲<ruby>大八洲<rt>おお や しま</rt></ruby>から消え去って

　ほしいものだ。

【自注】

　　這所森林公園位於本市港北區綱島地區。

　　本篇結句 (第四句) 所謂的「八洲」乃指「大八洲」,

即是我們日本的古稱。

76

老父臨終，舍妹電話辭別 (2022.05.24)
　　──父の臨終に際し、妹は電話で別れを告げた

相惜惺惺五十年，　　○●○○●●◎
臨終電話狀堪憐；　　○○●●●○◎
如今一別非長別，　　○○●●○○●
父女常和心永連！　　●●○○○●◎

(仄起式，平聲先韻)

【訓読】
相惜しむこと惺々たり　五十年
臨終の電話　状　憐れむに堪えたり
如今一別　長別に非ず
父女常に和し　心　永く連ならん

【口語訳】

「聡明な者同士が互いを大切にし合う」（惺々相惜しむ）という

四字熟語さながらの五十年。

父の臨終に際し、娘は電話越しに呼びかけたが、残念ながら父の

反応は無かった。

今やお別れであるが、それはしかし永遠の別れではあるまい。

父娘仲良くいつも心を通わせ合っていたのだから。

【自注】

　　臺灣「教育部重編國語辭典修訂版」這本著名的網
路辭典把‘惺惺相惜’的意思解釋為：「聰明才智相當的
人彼此同情、憐惜。」那麼，家父和舍妹這50年以來的
父女關係真是這種人際關係的一個美好典型吧！

　　20日早上家父忽然進入彌留，眼看這個不妙的狀況，
家母就打個電話給已上班的舍妹，而舍妹在電話的一端
呼喚家父，喚了好幾次。然而，挽回不了家父的魂魄，
殊為可惜！

77

家父守靈法會，家母助我染髮 (2022.05.27)
　——亡父のお通夜に際し、母に髪を染めてもらう

半百衰身頭半銀，	●●○○○●◎
不求裝幼慰慈親；	●○○○●●○◎
老萊今日雖非望，	●○○○●○●
烏髮煥然驚族人！	○●●○○○◎

（仄起式，平聲真韻）

【訓読】

はんぴゃく　すいしん　こうべなか　ぎん
半百の衰身　頭半ば銀なり

もと　　　おさな　よそお　　　　じしん　なぐさ
求めず　幼きを装って慈親を慰むるを

ろうらい　こんにち　の ぞ　　あら　いえど
老莱　今日　望むに非ずと雖も

う はつかんぜん　　　　ぞくじん　おどろ
烏髪煥然として　族人を驚かさん

【口語訳】

五十歳の衰えたわが身は、頭髪も半ばは白くなっている。

ろうらいし　　　　　　　　　　　　　　　　　　　は は
かの老莱子のように赤ん坊の格好をして慈親を喜ばせようなどとは

　思わない。

それでも今日は、たとい自分の望むところではないにせよ、
黒々とした髪を母の手助けで取り戻し、会葬した親族一同を驚かす
ことであろう。

【自注】

　　眾所周知，老萊子七十歲的時候，還是平常穿著五
色彩衣，故意作嬰兒嬉戲的樣子，去逗父母高興。而魯
迅先生 (1881-1936) 在其《朝花夕拾・二十四孝圖》非
常批評老萊子這些作風，因為依魯迅先生來看，老萊子
這些孝行頗有故意，違反我們人類自然的心理。雖然如
此，筆者還是覺得老萊子娛樂雙親的用心沒有太大的錯
誤，他仍然可算是中國歷史上最值得注意的孝子之一。
筆者之所以如此覺得，是因為畢竟身為人子的除非小時
候受過太過分的虐待，否則都自然地且用心地考慮如何
給老親驚喜才好。

　　本篇承句 (第二句) 所謂的「慈親」乃指母親，不
是指雙親，例如：清・魏源 (1794-1857)《接家書喜舍
弟歸自江南》詩友這麼一段詩句：「汝侍慈親側，吾侍
嚴親 (＝父親) 行。」

78

六月一日青葉臺即景 (2022.06.01)
　——六月一日、青葉台にて

無處不聞車馬聲，　　○●●○○●◎
百樓為海幾周星；　　●○○●●○◎
猶餘一片田園好，　　○○●●○○●
梅雨愈豐苗色青！　　○●●○○●◎

（仄起式，平聲庚、青通韻）

【訓読】

　処として聞かざるなし　車馬の声
　百楼　海を為す　幾周星
　猶お余す　一片の田園好きを
　梅雨　愈よ豊にして　苗色青し

【口語訳】

ここ青葉台では、車の騒音がどこでも聞かれ、

いくつものビルが海のように座を占めてもう幾年にもなる。

それでも街から少し離れると一片の田園が広がり、

梅雨が続くにつれて、水田に植えられた苗の色がいよいよ青い。

【自注】

　　這個地方曾經是一望田園，不愧對其名字。然而，隨著都更，有好幾座大樓站在當年的田地，而剩下來的田地也其實並不算小，能夠讓我們覺得自己在城市綠洲裡面。

79

憶黃檗山良師好友 (2022.06.17)
　　──黃檗山の良き師友らへ思いを馳せて

風水太佳無可加，　○●●○○●◎
五雲峰下小中華；　●○○●●○◎
幾時瘟去皆如故，　●○○●●○●
龍目井邊嘗好茶！　○●●○○●◎

（仄起式，平聲麻韻）

【訓読】
　風水太だ佳にして加うべきもの無し
ふうすいはなはか　くわ　な
　五雲峰下　小中華
ご うんぽう か　しょうちゅう か
　幾時か　瘟去って皆な故の如く
いつのとき　おん さ　み　もと ごと
　龍目井辺　好茶を嘗めん
りゅうもくせいへん　こうちゃ　な

【口語訳】

前には宇治川を、後ろには山々を配した黃檗山の風水はあまりに
ふうすい

　素晴らしすぎて、このうえ付け加えるべきなにものもない。

五雲峰のふもとに広がる小さな中国よ。
ご うんぽう

いつになればこの疫病も収まり、なつかしい師友を尋ねて

　お山に赴き、

山門の外の龍目井のそばで銘茶を賞味できようか。

【自注】

　　隱元禪師這位黃檗山萬福寺開山祖師把整個黃檗山視為一條龍的身體，而把山門口的一對‘龍目井’視為龍的一對眼睛。‘五雲峰’乃是萬福寺的後山，眺望好得不必多說。

80

謝某老師寄送龍井茶 (2022.06.21)
　──とある先生から龍井茶をお寄せ頂いたことに感謝して

無縁立即赴杭州，　　○○●●●○◎
疫裡丁憂難泛舟；　　●●○○○○◎
忽見有朋憐我境，　　●●●○○●●
寄茶雲外掃悲愁！　　●○○●●○◎

(平起式，平聲尤韻)

【訓読】
縁（えん）として立即（たちどころ）に杭州（こうしゅう）に赴（おもむ）くこと無（な）し
疫裡（えきり）　丁憂（ていゆう）　舟（ふね）を泛（うか）べ難（がた）し
忽（たちま）ち見（み）る　朋（とも）あり　我（わ）が境（きょう）を憐（あわ）れみ
茶（ちゃ）を雲外（うんがい）より寄（よ）せて　悲愁（ひしゅう）を掃（はら）う

【口語訳】

仕事の話のあった杭州へ直ちに赴く御縁は、今のところ得られない。

コロナ禍に加え、父の喪中とあって、舟を浮かべることも難しい。

すると、たちまちある友人が私の境遇を憐れみ、

かなたから杭州の銘茶をお寄せくださり、かくて私の悲愁も
晴れ渡ったのだった。

【自注】

　　本篇承句(第二句)所謂的「丁憂」意味著「遇到
父母的喪事」，而這裡當然指5月剛剛發生的家父仙逝。

　　結句(第四句)的意思是，「有人好心把龍井茶從萬
里之外給我寄過來，幫我掃憂」。

　　筆者其實2020年秋天幸蒙浙江工商大學東方語言
哲學學院的聘請，但是因為疫情還嚴重，再加上，家父
生病衰亡，所以一直難以成行，最後只好揮淚辭退。

81

日野墓園盂蘭盆會迎靈 (2022.07.13)

　——日野霊園のお盆、父のみたまを迎えて

陪慈復入墓園門，　　○○●●●○◎

海會塔頭招父魂；　　●●●○○●◎

雨細風清忘暑熱，　　●●○○○●●

焚香合十念鴻恩！　　○○●●●○◎

(平起式，平聲元韻)

【訓読】

慈に陪して復た入る　墓園の門

海会塔頭　父魂を招く

雨細く風清くして　暑熱を忘る

焚香合十　鴻恩を念う

【口語訳】

母のお供で納骨以来ふたたびこの墓園の門をくぐった。

合葬墓の前で、父のみたまよ来たれと呼びかける。

雨は細やかに風もまた清らかで、覚えず暑さを忘れる。

焼香合掌しつつ、亡き父から蒙った大きな恩に思いを馳せる。

【自注】

　　本篇承句 (第二句) 所謂的「海會塔」原來是中國傳統寺院幾乎都有的殯葬設施，不分生前的尊卑，把所有亡者的骨灰，都撒進同一個坑裡去，之後，所有僧人的骨灰便不分彼此，普同一處，正因為如此，它有「普同塔」這麼一個別名。

　　而家父現在的墳墓跟這個「海會塔」不同的地方是，經過 60 年之後，管理處才把骨灰撒進去同一個坑裡去，跟其他人士的骨灰在一起，並不是像「海會塔」那樣把骨灰當場撒進同一個坑裡去。卻是有個規定那以前，如果家屬們希望把親人的骨灰拿出去，另立墳墓的話，管理處就理所當然地幫他們把它拿出來，還給他們。

　　所以，身為人子，筆者也其實有個卑小的願望今後開始存款，如果可以的話，幫父母建立一座新的墳墓。但身為一個學佛人，筆者也當然知道一切要看因緣，任何願望也最好不要強求，才能夠迴避多種不應該的痛苦。

82

八月八日傍晩藥師池即景 (2022.08.10)
　──八月八日夕刻、町田市薬師池公園にて

放眼蓮池花粉紅，　●●○○○●◎
納涼忘暑對清風；　●○○○●●○◎
琉璃極樂真無異，　○○●●●○●
佛土相同西與東！　●●○○○●◎

(仄起式，平聲東韻)

【訓読】
眼を蓮池に放てば　花　粉紅なり
納涼　忘暑　清風に対す
瑠璃・極楽　真に異なること無し
仏土　相同じ　西と東と

【口語訳】

蓮池へ目を向けると、ピンク色の蓮が今を盛りと咲き誇っている。

涼しさを覚え暑さを忘れて、さわやかな風に身を任せる。

薬師如来の住まう東方瑠璃光世界と阿弥陀如来の住まう

西方極楽浄土との間に何の違いもない。

仏の世界というものは、西も東も同じなのだなあ。

【自注】

　　　這所大公園裡面除了一座叫「藥師池」的池塘之外，也有一座藥師堂供奉一尊歷史悠久的藥師如來雕像，只有遇到寅歲，才給信眾膜拜。筆者三生有福，今年能夠拜到祂那副素樸而莊嚴的面貌。其實，「藥師池」和「蓮池」之間有一段距離，但看來後者明明是跟前者取水過來的，那麼，可以說：這兩座池塘之間有一種類似親子的關係，把它們題詠為一體也沒有那麼大的問題離事實離得太遠！

　　　藥師如來所住持的東方琉璃光世界其實是跟阿彌陀佛所住持的西方極樂世界沒有兩樣，正因為如此，《藥師琉璃光如來本願功德經》就有說：琉璃光世界跟「西方極樂世界，功德莊嚴，等無差別」，請參閱《大正藏》第14冊，頁405，下。

　　　雖然該經只是提到該世界「琉璃為地，金繩界道，城、闕、宮、閣、軒、窗、羅網，皆七寶成」，根本沒提到到底有什麼樣的池塘，但是既然跟西方極樂世界沒有兩樣，那麼，一定會有所謂的「琉璃池」，跟西方極樂世界一樣地「水精池者底 (＝底部有) 琉璃沙，<u>琉璃池者</u>

底水精沙」(語出於《無量壽經》卷上,請參閱《大正藏》
第 12 冊, 頁 271, 中), 也有滿目的蓮花時常爭豔, 不
是嗎?

83

讀《黃檗山聯額集》校樣，于時我在樓上，而老母在樓下
(2022.08.30)

　　——『黃檗山聯額集』のゲラを読みつつ。この時
　　　　私は二階に、母は階下に

迎秋送夏讀名聯，　　○○●●●○◎
暑退涼生風滿天；　　●●○○○●◎
老母誕辰前一日，　　●●○○○●●
放光階下壽能延！　　●○○●●○◎

(平起式，平聲先韻)

【訓読】

秋を迎え夏を送って　名聯を読む

暑退き　涼生じて　風　天に満つ

老母誕辰　前一日

光を階下に放って　寿　能く延べん

【口語訳】

新たな秋を迎え、過ぎゆく夏を送りつつ黄檗山内の随所に

掲げられた対聯や扁額の内容を味読しつつある。

ようやく暑さも退き、涼しさも生じてさわやかな風が
　天に満ちている。

今日は母の誕生日の前日だ。

対聯や扁額の素晴らしい字句が光を放ちつつ、母の寿命もおのずと
　延びゆくことであろう。

【自注】

　　本篇起句 (第一句) 所謂的「名聯」乃指黃檗山那
些著名的對聯。

　　結句 (第四句) 的意思是,「這些聯額的字字都放光,
能夠照亮到人在樓下的我老媽, 慈悲幫她延壽。」

　　這本《黃檗山聯額集》的主要部份都是由鈴木洋保
(士龍) 老師撰寫的, 而一些部份係筆者有所續貂, 都
是十足的狗尾, 所以, 筆者一直很愧對鈴木老師!

84

九月四日星期日下午隨母剪枝於庭園 (2022.09.05)
　　——九月四日日曜日の午後、母と共に庭で樹木の剪定をして

吾家久有別乾坤，　　○○●●●○◎
花木百株皆下根；　　○●●○○●◎
流汗剪枝遵母意，　　○●●○○●●
望天梯上瞰荒園！　　●○○●●○◎

(平起式，平聲元韻)

【訓読】

吾が家　久しく有り　別乾坤
花木 百 株　皆な根を下せり
汗を流して枝を剪る　母の意に遵う
天を梯上に望んで　荒園を瞰す

【口語訳】

わが家の庭には久しい以前から別天地があり、

百株を超える花や木が植木鉢に植えられ、いずれも根づいていたの
　　である。

きょうは母の要請で汗を流しつつ木々の枝を剪定している。

梯子のてっぺんで天を望みつつ、父を喪ってやや荒れかけた庭を
見下ろすのだった。

【自注】

　　因為家父生前幾乎每個周末都在我家庭園剪枝拔
草，所以，庭園一直保持著乾淨和美麗。然而，這 1 年
以來，因為他住院和病逝，庭園失去了其最好的管理員。
直到最近，家母看不下去一些樹枝長得太長。於是，懇
求筆者跟自己一起砍掉那些部份。

85

秋初憶父 (2022.09.09)
　　──秋の初めに父を偲んで

從今二十有餘年：　○○●●●●○◎
父子重逢淨土天，　●●○○●●◎
最憾生前相語少，　●●○○○○●
不疑彌補必投緣！　●○○●●○◎

(平起式，平聲先韻)

【訓読】
　今より二十有余年
　父子重ねて逢う　浄土の天
　最も憾む　生前　相語ること少なきを
　疑わず　弥補　必ず縁に投ぜんと

【口語訳】
　今から二十有余年ののち
　この私もいのち終えて亡き父と浄土で再会を遂げることであろう。
　思えば生前の父とは語り合う機会が乏しかったけれども、

再会ののちは今度こそ仲良くいろいろ語り合い、

生前の憾みを補って余りあることであろう。

【自注】

　　快要滿 54 歲的筆者餘命應該是 20 多年左右吧。所以，筆者以後會越老越期待自己能夠跟家父重會的日子自然地接近過來。因為有些因素，筆者其實跟生前的家父晤談得並不算多，遠遠比不上舍妹夫婦，殊為可憾！

　　在西方極樂世界那邊，人人都能夠和諧相處，化解生前的一切糾紛和不諒解。雖然我們父子之間畢竟沒有任何一種嚴重的不溝通，不過，難以否定我們之間的確有些難以溝通之處，如今回頭過來，不無有遺憾。而且，這個遺憾在娑婆世界這邊是再怎麼努力也無由彌補的，那麼，筆者只好期待在另外的地方有所解決！

86

九月十七日下午重訪本市中華義莊 (2022.09.17)
　――九月十七日午後、横浜の中華義荘を再訪して

四季見花千古春，　　●●●○○●◎
建祠安骨在横濱；　　●○○●●○◎
故山難返非無憾，　　●○○●○●●
幸有兒孫住近鄰！　　●●○○●●◎

（仄起式，平聲真韻）

【訓読】
四季　花を見る　千古の春
祠を建て骨を安んじて横浜に在り
故山　返り難き　憾み無きにしも非ざるも
幸いに児孫の近隣に住するあり

【口語訳】

四季折々の花がいつも見られる中華義荘。

この地に廟を建て、数多い華僑の人々の遺骨を奉安している。

故国へ亡骸を送り返せないのはいかにも残念なことではあるが、

子孫らがここからさして遠からぬ中華街に住んでいるのは
結構なことである。

【自注】

　　1930 年代中日兩國開始打仗之前，不少本市華僑
把先人的棺木放在這所華人公墓，不敢入土，渴望有一
天得到船舶能夠安置這些棺木送到亡者各自的故鄉。
　　不過，二戰結束以後，華僑們已經放棄這種夢想，
把棺木入土為安了，或者，採用火葬，把骨灰安放在這
裡一座靈骨塔裡面。雖然亡者們如今幾乎無法安眠於故
鄉，不過，因為聞名全球的中華街離這裡不太遠，所以
他們一定會能夠一邊聽到兒孫們的聲音，一邊繼續安眠
於橫濱這個第二故鄉，不是嗎？

87

題《黃檗山聯額集》(2022.10.04)
　　――『黃檗山聯額集』に題して

百般皆拙最堪憐，　●○○○●●○◎
幸得勝緣聊解聯；　●●●○○●◎
唯願餘生能盡事，　○●○○○●●
萬松岡上見群賢！　●○○○●●○◎

（平起式，平聲先韻）

【訓読】
ひゃっぱん み つたな　　もっと あわ　　た
百般皆な拙くして　最も憐れむに堪えたり
さいわ しょうえん え　　いささ れん かい
幸いに勝縁を得て　聊か聯を解す
た ねが　　　 よ せい よ こと つ
唯だ願わくは　余生　能く事を尽くし
ばんしょうこうじょう ぐんけん まみ
万 松 岡 上　群賢に見えん

【口語訳】
　何をやっても不器用でいかにも憐れむべき私の姿であるが、

　幸いにも良き御縁を得て、黃檗山内の随所に掲げられた
ついれん へんがく
　　対聯や扁額の解釈を少しばかりさせて頂くこととなった。

願わくは余生において、よく本分を尽くして黄檗研究に勤しみ、死してのちには黄檗山内「万松岡」で、黄檗宗史に輝く高僧や居士たちに堂々と御目文字したいものである。

【自注】

　　　因為有一段勝緣，筆者也有福參加這本書的編撰，針對萬福寺開山堂、齋堂、聯燈堂、賣茶堂、有聲軒、第二文華殿等部份堂閣所掛的聯額加以註釋。當然，其他絕大部份乃是鈴木士龍老師這位書法家撰寫的，筆者只是狗尾續貂而已。本篇承句 (第二句) 所謂的「聊解聯」乃指上述這件事，而這個「聊」字意味著「姑且、暫且、一點點」等。

　　　轉句 (第三句) 所謂的「盡事」意味著「能盡本事」，而這裡所謂的「本事」乃指筆者在黃檗研究領域的本領，雖然筆者的本領是微小的，不過也不無一些地方能夠貢獻後起之秀。

　　　結句所謂的「萬松岡」埋葬著黃檗宗幾位祖師級旅日大師們 (除外隱元禪師) 以及大護法們，筆者向來一直希望自己命終之後能夠在這裡跟他們長相左右，繼續看望黃檗山千秋不朽的盛況！

88

近日天氣趨冷，因賦 (2022.10.06)
　——この頃、気候もいよいよ涼しくなりつつあるので

蟲語愈繁蟬曲終，　　○●●○○●◎
林中河上對清風；　　○○○○●●○○
迎秋豈異迎衰老，　　○○○●●○○●
唯願壯心如翠松！　　○●●○○●◎

（仄起式，平聲東、冬通韻）

【訓読】
　虫語 愈 繁くして　蟬曲 終われり
　林中　河上　清風に対す
　秋を迎うるは豈に異ならん　衰老を迎うるに
　唯だ願わくは　壯心の翠松の如くならんことを

【口語訳】
　虫の声は喧しくなったが、蟬の声はそろそろ終わりを告げようと
　　している。
　林の中や川のほとりには、すがすがしい風が吹きつつある。

私ぐらいの年齢になると、

　秋を迎えるということはまた新たに老年を迎えるということに

　ほかならぬ。

どうか願わくは、冬も蒼さを保つ松さながらの雄志を保ちたい

　ものだ。

【自注】

　　因為筆者快要滿 54 歲，在人生的路程上該算是送
夏迎秋的，所以，眼看秋色愈濃，不得不感到自己的衰
老，在本篇轉句 (第三句) 乃說：「迎秋豈異迎衰老。」

89

生日口占 (2022.10.23)

　　——わが誕生日に口を衝いて出た詩句を

今日五旬加五年，　　○●●○○●◎

此生成就小堪憐；　　●○○●●○◎

眼前無物非題目，　　●○○○●○●

弦月晩昇秋曉天！　　○●●○○●◎

(仄起式，平聲先韻)

【訓読】

今日　五旬　五年を加う

此の生　成就　小なること憐れむに堪えたり

眼前　物として題目に非ざるなし

弦月晩く昇る　秋曉の天

【口語訳】

きょうで私は数え五十五歳となるが、

今生で成し遂げたことは、哀れなほどにあまりにも小さい。

幸い目の前にあるどんなものでも、詩の題材でないものはない。

折しも三日月がゆっくりと秋の暁の空に昇りかけているではないか。

【自注】

　　因為筆者今天迎接其虛歲 55 歲的生日，所以，在
本篇起句 (第一句) 就有說：「今日五旬加五年。」

　　結句 (第四句) 乃是今天早上五點半左右的真實寫
照，這個美景專屬筆者一個人，殊為可謝！

90

黃檗山文華殿寄我秋季展覽會招待券，因賦 (2022.10.24)
　　——黃檗山文華殿から秋季展覧会の招待券を頂いたので

秋氣正濃黃檗峰，　　○●●○○●◎
不知何日沐松風？　　●○○●●○○
山河相隔猶難赴，　　○○○●○○●
百額千聯在夢中！　　●●○○●●◎

（仄起式，平聲東、冬通韻）

【訓読】

　秋気　正に濃やかなり　黄檗峰
　　知らず　何れの日か　松風に沐せん
　山河相隔てて　猶お赴き難し
　　百額千聯　夢中に在り

【口語訳】

　秋の気配が今まさに濃厚な黄檗山である。

　いつになれば、松の間を吹き渡るさわやかな風に身を浸すことが

　　できようか？

幾山河をも隔ててなかなか赴けないが、

山内の随所に掲げられた扁額や対聯を夢にまで見る

　今日この頃である。

【自注】

　　雖然瘟疫趨於平息，不過，家裡有老母要有筆者陪伴，筆者目前難以遠赴黃檗山住幾天。但很希望明年春天以後有機會當天上山當天回家。雖然住在東部日本的筆者並不是沒有錢去那座位於西部日本的黃檗山，不過，以目前為止，因為有包括老母在內的一些因素，一直無法西行，殊為可惜！

　　眾所周知，黃檗山上向來有多棵松樹，因為開山隱元隆琦禪師 (1592-1673) 一生熱愛松樹，退隱之後，替自己所隱居的山堂取名為‘松隱堂’。

　　本篇結句 (第四句) 所謂的「百額千聯」乃指莊嚴全山各處的好多對聯和匾額。

91

横濱外僑公墓中有多座名人墳墓 (2022.11.06)
　——横浜外国人墓地には多くの著名人の墓あり

寓賢墳墓對秋風,	●○○●●○◎
雲白天青一望中;	○●○○●●◎
埋骨他郷毫不悔,	○●○○○●●
助人為樂立勳功!	●○○●●○◎

(平起式，平聲東韻)

【訓読】
寓賢の墳墓　秋風に対す
雲白く天青し　一望の中
骨を他郷に埋めて　毫も悔いず
人を助くるを楽しみと為して　勳功を立てたり

【口語訳】

　よそから来てその地の文教に貢献したいわゆる「寓賢」のお墓が、

　　外国人墓地の到るところで秋風に対峙している。

　一望のもと、雲は白く、空はあくまでも青い。

ここに眠る外国人たちは、それぞれの理想を胸に生涯を貫いており、

　異郷の地に眠ることを少しも悔いてはいない。

多くの日本人を助けることに楽しみを見い出し、

　輝かしい業績をうち立てたのだった。

【自注】

　　長眠於這所公墓的歐美人士中不乏多位人士曾經貢獻我們日本近代社會的建設，尤其是，興隆文教，弘揚基督宗教。

　　本篇起句(第一句)所謂的「寓賢」意味著「來自外地貢獻當地文教興隆的先賢」，而《臺灣府志》等明清兩代方志文獻大概有個卷冊專門記載這些人們的事蹟。筆者在這裡轉指一群來自歐美定居橫濱的近代多位名人們。

92

年底寄巴西馬利利亞 (Marília) 本願寺住持泉原秀師父

(2022.12.05)

　　——年の暮れ、ブラジル・マリリア本願寺住職泉原秀師へ
　　お寄せして

念佛稱名七十年，　●●○○●●◎
眾聲如鼓震南天；　●○○●●○◎
不疑慈護除瘟疫，　●○○●●○●
僑社有君燈永傳！　○●●○○●◎

(仄起式，平聲先韻)

【訓読】

ねんぶつしょうみょう　しちじゅうねん
念仏 称 名　七十年
しゅうせい　つづみ　なんてん　ふる　　　ごと
　衆声　鼓の南天を震わすが如し
うたが　　　　じ ご　おんえき　のぞ
　疑わず　慈護の瘟疫を除くを
きょうしゃ　きみ　　　とうなが　つた
　僑社　君あり　燈永く伝う

【口語訳】

　マリリア本願寺さんが、ブラジルの地にお念仏の声を伝えて七十年。

御門徒のお声はさながら太鼓の響きが南国の空を震わせるかの
　ようであります。
阿弥陀さまのお慈悲と御守護とにより、疫病もやがては
　取り除かれましょう。
思えば貴師がいらしてこそ、移民コミュニティーへ法燈も
　伝えられゆくのであります。

【自注】
　　　本篇起句 (第一句) 乃指馬利利亞 (Marília) 本願寺
舉辦以稱名念佛為主的宗教活動已滿 70 周年，並不是
泉原師父從小稱名念佛已滿 70 周年的意思。而馬利利
亞市乃是屬於聖保羅州的城市。
　　　轉句 (第三句) 所謂的「慈護」意味著阿彌陀佛對
寺院和信眾的慈悲愛護。

93

青山學院耶誕樹下即景 (2022.12.24)
　——青山学院のクリスマスツリーの下で

屢逢情侶手相牽,　　●○○●●○◎
耶誕樹邊燈湧泉；　　○●●○○●◎
今日入宵何所睹？　　○●●○○●●
歌團秉燭誦詩篇！　　○○●●●○◎

(平起式，平聲先韻)

【訓読】
　屢 逢う　情侶の手　相牽くに
　　しばしばあ　じょうりょ て あいひ
　耶誕樹辺　燈　泉を湧かす
　やたんじゅへん　とう いずみ わ
　今日　入宵　何の睹る所ぞ
　こんにち にゅうしょう なん み ところ
　歌団　燭を秉って詩篇を誦す
　か だん しょく と し へん しょう

【口語訳】
　このあたりでは、カップルが仲良く手を牽く姿を見かけることで

　　あります。

　クリスマスツリーのあたりでは、装飾用の電燈が泉のように溢れて

おります。

今日クリスマスイブは、宵に入って何を見かけるでしょうか？

聖歌隊の皆さんがキャンドルサービスをしつつ、高らかに『聖書』の「詩篇」をお唱えする姿であります。

【自注】

　　青山學院乃是東京最著名的教會學校之一，歷史悠遠，如今已經有從幼稚園到研究所的教育系統。而每年聖誕校方就將校園裡面的一棵大樹予以電飾，美得難以譬喻。

94

臺灣難返 (2023.01.16)
　　──台湾へは戻りがたい

縁盡難留坐返舟，　　○●○○●●◎
定居桑梓幾回秋；　　●○○○●●○◎
八旬慈母逾依我，　　●○○○●○○●
空望寒雲自在流！　　○●○○●○○◎

（仄起式，平聲眞韻）

【訓読】
縁尽き　留まり難く　返舟に坐す
居を桑梓に定めてより　幾回の秋
八旬の慈母　逾我に依る
空しく望む　寒雲の自在に流るるを

【口語訳】

台湾との御縁も尽き、そのまま居続けることも困難となって、

　日本へ帰る船上の人となった。

かくて故郷に住まいを定めてからもう何年になるだろうか？

八十歳を迎えた慈母は、いよいよ私を頼りにするようになった。

　これでは家を空けることは難かしかろう。

寒空に浮かぶ雲が自由自在にあちこちへと流れゆくありさまを

　多少の羨望とともに眺めている。

【自注】

　　本篇轉句 (第三句) 乃是筆者老母的一張真實寫照。
雖然她依舊喜歡聊天，不過，身體大不如前，出門必須
要帶杖，否則，就會容易跌倒。

95

譯祖母野川釋子女士 (1913-2006) 辭世俳句 (2023.01.23)
　——祖母野川釋子の辞世の句を訳して

春曉夢中何所為？　○●●○○●◎
縱橫奔走十方馳；　●○○○●●○◎
可憐衰老身將死，　●○○○●○○●
不得青春自在飛！　●●○○●●◎

（仄起式，平聲支、微通韻）

【訓読】
　春曉の夢中　何の為す所ぞ
　縱橫に奔走し　十方に馳す
　憐れむべし　衰老して　身　将に死せんとし
　得ず　青春の自在に飛ぶを

【口語訳】
　春の明け方、夢の中で何をしているのかといえば、
　縦横に疾走し、あちこちへ馳せてゆく。
　もはや老いて世を去ろうとする今、

青春の日のように自由自在に走り回るというわけにはゆかない。

（注：辞世の句の原文は「春暁や　吾の駆け足　夢の中」）

【自注】

　　她這首辭世俳句的原文為：「春曉や　吾れの驅け
足　夢の中」。其實，生前的她在俳句有不平凡的成就。

96

深謝好友某博士惠寄畫梅 (2023.01.29)
　——良き友某博士からお寄せ頂いた梅の絵に深く感謝して

高地雪深春可尋，　　○●●○○●◎
東風逐日入枯林；　　○○●●●○○
山居為友施何物？　　○○●●●○○●
片楮描梅勵我心！　　●●○○●●◎

　　　　　　　　　　　　　　　（仄起式，平聲侵韻）

【訓読】
高地（こうち）　雪深（ゆきふか）きも　春（はる）　尋（たず）ぬべし
東風（とうふう）　日（ひ）を逐（お）って　枯林（こりん）に入（い）る
山居（さんきょ）　友（とも）の為（ため）に何物（なにもの）をか施（ほどこ）す
片楮（へんちょ）　梅（うめ）を描（えが）いて　我（わ）が心（こころ）を励（はげ）ます。

【口語訳】
　友の住まう高原の地はまだ雪深いが、それでも春の兆しを
　　訪ね当てることはできる。
　日をおって東の風がそよそよと、枯木の林へと吹き込んで、

梅の開花を促がしている。

友は山住まいの日々にあって、この私へ素敵なプレゼントをお寄せ
　　くださった。

実に一枚のはがきへ梅を描いて、私のくじけがちな心を励まして
　　くださったのだ。

【自注】

　　　　這位富有畫才的好友把一棵已開花的梅樹畫在一張
　　明信片上，寄給筆者。而這個好禮物其實非常鼓勵筆者
　　這顆動不動就感到挫折的心！

97

深謝和裕出版社董事長呉重德居士寄電子信 (2023.02.02)
　　—— 和裕出版社社長呉重徳氏からメールを頂いたことに
　　　　深く感謝して

愈為眾生刊佛經，　　●●●○○●◎
喜聞吾友志長青；　　●○○●●○◎
與君相識緣堪謝，　　●○○●○○●
厚誼要歌恩要銘！　　●●●○○●◎

(仄起式，平聲青韻)

【訓読】
いよいよ　しゅじょう　ため　ぶっきょう　かん
　愈　衆生の為に仏経を刊す
よろこ　　き　　わ　　とも　こころざしちょうせい
　喜び聞く　吾が友　志　長青なることを
きみ　あいし　　えん　しゃ　　た
　君と相識る　縁　謝するに堪う
こうぎ　うた　よう　おん　めい　よう
　厚誼　歌うを要し　恩　銘するを要す

【口語訳】
　呉社長はいよいよ数多くの仏典を衆生のために世に出されつつ
　　あります。

わが友が年来のお志をいよいよ確たるものとしつつあることを、
　　メールの文面から喜びとともに拝承致しました。
あなたと知り合うことのできた御縁は無上のもの。
御厚誼をいつまでも謳歌し、御恩をいつまでも銘記して参ります。

【自注】

　　　這家出版社乃是代表華語圏的佛經專業出版社，在
臺灣臺南市。而筆者曾經有福時常親近它的董事長吳重
德居士，益我良多，恩深難忘！

98

冬曉偶感（2023.02.03）
　　——冬の朝ふと思ったこと

冬曉身寒眠叵成，　○●○○○●◎
放眸窗外日將昇；　●○○●●●○◎
此生如意能多少？　●○○●●○●●
幸有觀音名可稱！　●●○○○●◎

（仄起式，平聲庚、蒸通韻）

【訓読】
　冬暁　身寒くして　眠り　成し叵し
　眸を窓外に放てば　日　将に昇らんとす
　此の生　如意　能く多少ぞ
　幸いに観音の名　称うべきものあり

【口語訳】

冬の朝、寒さになかなか眠りがたい。

窓の外へ目を向けると、太陽が昇ろうとしている。

この人生、思い通りになったことがどれくらいあったか。

観音さまのお名前をお称えできるのは幸いなことだ。

【自注】

　　筆者最近早上又開始恭誦《觀世音菩薩普門品》(別名《觀音經》)，而眾所周知，該經替一切眾生保證只要他們有信心衷心憶念祂大力量的話，觀世音菩薩就能夠幫他們圓夢或者救苦。

諏訪湖冰橋 (2023.02.24)
　——諏訪湖の御神渡り

銀世界中多妙奇，	○●●○○●◎
大如山嶽小如碑；	●○○●●○◎
隆冬何景尤驚眾？	○○○●●○●
冰上架橋通兩祠，	○●●○○●◎

（仄起式，平聲支韻）

【訓読】

　銀世界中　妙奇多し
　大は山岳の如く　小は碑の如し
　隆冬　何の景か　尤も衆を驚かす
　氷上の架橋　両祠を通ず

【口語訳】

　一面の銀世界の中には、奇妙な眺めが多い。

　大きなものはさながら山のように、小さなものは、さながら

　　石碑のように。

厳冬のさなか、とりわけこの地の人々を驚かすのはどんな景色か？
<ruby>上社<rt>かみしゃ</rt></ruby>と<ruby>下社<rt>しもしゃ</rt></ruby>とを結んで湖面の氷の上を

さながら橋のように伸びてゆく<ruby>御神渡<rt>おみわた</rt></ruby>りである。

【自注】

首先，在日文，滿目下雪的地方就叫做「銀世界」。

當「諏訪湖」這個代表長野縣的大湖泊全面結冰的時候，就有一條冰橋出現，而當地民眾把它視為神明在冰上走過去的足跡，也按照冰橋的形狀去判斷該年收穫的豐歉。民眾相信那位神明是一位男神住在所謂的「上社」，而祂走過那條冰橋走到住在「下社」的女神情侶那邊，所以，筆者在本篇結句 (第四句) 就有說：「冰上架橋通兩祠 (＝社)。」

然而，今年民眾的希望又落空了，好不容易全面結冰的湖水又融消下去，這樣子的話，上述天然冰橋就無法成立，吉凶也當然無法判斷了。

雖然如此，這個地方下雪很多，是個不爭的事實，而凡是戴雪的東西，大的看起來跟丘陵一樣大，而小的乃是像石碑，所以，筆者在承句 (第二句) 就有說：「大如山嶽小如碑。」

100

電影「銀河鐵路之父」(2023.05.21)
　——映画「銀河鉄道の父」

身逢病魔別娑婆，　　○○●●●○◎
父子連心美可歌；　　●●○○●●◎
偶有不和猶足挽，　　●●●○○●●
火車為宅入銀河！　　●○○●●○◎

(平起式，平聲歌韻)

【訓読】
　　　　み　　びょうま　あ　　　しゃば　わか
　　身　病魔に逢って娑婆に別る
　　ふ　しれんしん　び　　うた
　　父子連心　美　歌うべし
　たまたま　ふわ　　　　なお　ばん　　　た
　　偶　不和あるも　猶お挽するに足る
　かしゃ　たく　な　　　　ぎんが　い
　　火車　宅と為して　銀河に入る

【口語訳】
　宮沢賢治は病のためにこの世に別れを告げることとなりました。
　父子の心は一つに連なり、その美しさは讃歎すべきもの。
　父子は時に激しく争う時もありましたが、すぐに仲直りし、

ともどもに、銀河をゆく列車を住処<ruby>すみか</ruby>としました。

【自注】

　　我國近代文學家宮澤賢治 (1896-1933) 有一位值得敬佩的父親叫政次郎 (1874-1957)，雖然父子之間偶爾發生衝突，尤其是，篤信日蓮宗的賢治跟篤信淨土法門的政二郎之間免不了一些信仰上的衝突，不過，他們總是發揮理智，避免了最壞的事態。

　　政次郎其實對賢治的文學活動充滿著接納，不但如此，賢治英年早逝之後用心保管其龐大的手稿，能夠讓國人愛好其宇宙般的文學世界。

各首韻目分類表

本文100首に関して、それぞれが属する韻目を示した。

1. 平起式 (全34首、うち通韻は 3 例。)

	韻目	作例	通韻
上平	1. 東	(91)	(33)
	2. 冬		
	3. 江		
	4. 支	(66)	
	5. 微		
	6. 魚	(29)	
	7. 虞		
	8. 齊		
	9. 佳		(67)
	10. 灰		
	11. 真	(2)(16)(22)(24)(26)(39)	
	12. 文		
	13. 元	(81)(84)	
	14. 寒		
	15. 刪		(61)
下平	1. 先	(51)(68)(72)(83)(85)(87)(93)	
	2. 蕭		
	3. 肴		
	4. 豪		
	5. 歌	(100)	
	6. 麻		
	7. 陽	(18)(19)(27)(50)	
	8. 庚	(3)(20)(53)	
	9. 青		
	10. 蒸	(28)(44)	
	11. 尤	(80)	
	12. 侵	(9)(73)	
	13. 覃		
	14. 鹽		
	15. 咸		

2. 仄起式 (全 66 首、うち通韻は 9 例。)

	韻目	作例	通韻
上平	1. 東	(15)(38)(57)(69)(71)(82)(86)	(45)(88)(90)
	2. 冬		
	3. 江		
	4. 支	(74)(99)	(95)
	5. 微		
	6. 魚		
	7. 虞		
	8. 齊		
	9. 佳		
	10. 灰	(32)(34)(37)(62)	
	11. 真	(31)(46)(59)(77)	
	12. 文		
	13. 元	(7)(41)	
	14. 寒		
	15. 刪		(60)
下平	1. 先	(1)(4)(10)(11)(13)(14)(30)(36)(52)(70)(76)(89)(92)	
	2. 蕭		
	3. 肴		
	4. 豪		
	5. 歌	(43)(48)	
	6. 麻	(47)(79)	
	7. 陽	(12)(23)(56)	
	8. 庚	(8)(21)(40)	庚、青：(55)(78)
	9. 青	(97)	庚、蒸：(54)(98)
	10. 蒸	(42)	
	11. 尤	(5)(63)(75)(94)	
	12. 侵	(6)(17)(25)(35)(49)(58)(64)(65)(96)	
	13. 覃		
	14. 鹽		
	15. 咸		

【著者紹介】

野川博之（のがわ・ひろゆき）
1968 年 10 月生まれ、横浜市出身。
早稲田大学第一文学部中国文学専修をへて同大学院文学研究
科東洋哲学専攻修士・博士課程を修了。
博士（文学）。専攻は明代仏教（黄檗宗を中心とする）の日本
への影響を追うこと。
2002 年 9 月から 15 年間、台湾に住まい、立徳管理学院（2006
〜 2011）、法鼓文理学院（2012 〜 2017）、圓光仏学研究所（同
右）などで日本語教師として教鞭を執った。

野川博之自選百首

2024 年 4 月 25 日 初版発行

■ 著者 野川博之

■ 発行者 尾方敏裕

■ 発行所 株式会社 好文出版

〒 162-0041 東京都新宿区早稲田鶴巻町 540 林ビル 3F

電話：03-5273-2739 Fax：03-5273-2740

http://www.kohbun.co.jp/

■ 制作 日本学術出版機構